깡철이

아플수록 더 빛나는 청춘

깡철이

안권태 각본 · 김경희 소설

21세기북스

차례

[프롤로그]

　남자의 숨이 거칠어졌다. 이제, 거의 다 왔다. 저기 멀리 성당이 보였다. 십자가의 불빛이 반짝였다. 이 세계는 더 이상 구원받을 길이 없다고 누가 말했던가? 그래, 그의 말이 맞았다. 오늘따라 더욱 위태로워 보이는 첨탑 위의 십자가. 남자는 옆 좌석이 달린 오토바이의 핸들을 더욱 움켜쥐었다. 터질 듯한 엔진 소리, 거친 아스팔트를 가르는 오토바이 바퀴 소리, 귀를 스쳐 가는 바람 소리…. 그 수많은 소리들이 남자의 몸을 타고 밤의 한 부분이 되어 퍼져 나갔다. 핸들을 쥔 그의 손에 힘이 들어갔다. 호텔의 불빛이 가까워진다. 코모도 호텔, 점멸하는 호텔 간판의 네온에 남자의 시선이 박혔다. 오늘 그는 저 호텔 안에서 가장 소중한 것을 구해

낼 것이다. 오토바이의 속력을 더욱 높였다. 오토바이는 제2차 세계 대전 시대 때나 있을 법한 옆 좌석이 달려 있는 사이드카였다. 사이드카는 힘을 받아 호텔 주차장 언덕을 올랐다. 다 왔다. 드디어, 다 왔다. 시동을 끄고 나니 겨우 세상이 보였다. 호텔로 달려오는 동안 하나의 소실점이던 세상이 별을 흩뿌린 것처럼 펼쳐져 있었다.

부산, 남자가 목숨을 걸고 지켜야 할 사람들이 사는 곳. 빼빼한 집들과 건물들 저마다의 삶이 반짝이는 곳. 괜히 가슴이 뭉클하고 숨이 턱 끝까지 차올랐다.

남자는 주차장 계단을 내려갔다. 천장에 노출된 배선과 양쪽으로 걸려 있는 조명들 밑으로 남자의 그림자가 짙게 드리워졌다. 텅텅 텅텅, 철제 계단을 밟는 소리가 주차장에 울려 퍼졌다. 남자는 걷고 있었다. 호텔 안으로 들어서기 위해서, 그가 목숨을 걸어야만 하는 일을 하기 위해서.

"스스로 몸을 숨기지 못하면 넌 죽어. 우리는 약하니까. 알았니?"

어릴 때 누군가 그에게 말했다.

"우리는 약하니까."

그날 그 초저녁, 노을이 무겁게 영도다리에 내리깔리던 순간, 그 한마디가 남자의 가슴 깊숙이 박혔다. '우리는 약하니까', 부정

8

하려고 몇 번이나 고개를 흔들어도 그 말은 그를 떠나지 않았다. 그때부터 남자는 주먹을 쥐는 법을 배웠다. 이 세상이 내가 사는 곳이 아닌, 내가 이겨내야 할 곳임을, 그때 시리도록 아름다운 노을을 보며 어렴풋하게나마 깨달았으니까.

'그래, 당신 말이 맞아. 우리는 약해.'

남자는 그때의 노을을 여전히 기억한다. 밤공기에 남자의 숨이 퍼져나간다. 철제문이 보인다. 그는 애써 숨을 고르고 그 앞에 섰다. 심장이 뛴다. 다시 한 번 숨을 크게 내쉬고 눈을 부릅떴다.

'반드시 해야만 한다.'

문을 열고 들어가자마자 우측 옷걸이에 걸려 있는 웨이터 유니폼을 집어 들었다. 서둘러 옷을 갈아입고 곧장 연회장으로 들어섰다. 온갖 냄새들이 남자의 몸을 감싼다. 비릿한 음식 냄새와 후끈한 공기가 뒤섞일 대로 뒤섞인 악취에 남자는 미간을 찌푸렸다. 서둘러야 했다. 짙은 어둠 속에 옅게 퍼진 창 건너의 가로등 빛을 밟으며 남자는 아무도 없는 연회장을 빠져나왔다. 음습한 복도 벽을 타고 들어오는 바깥 소음이 환청처럼 들려왔다. 복도 끝에 다다르자 주방이 나왔다. 시뻘건 불꽃 사이로 이리저리 팔을 놀리는 요리사들이 눈에 들어왔다. 무심한 듯 생선의 배를 가르고 대가리를 끊어내는 그들이 어딘지 모르게 생경했다. 남자는 최대한 자연스럽게 주방을 빠져나왔다. 가는 숨이 새어나왔다. 배 아래에서 뜨거운 것이 가슴으로 올라오는 것 같았다.

'떨고 있는 건가?'

그런 생각도 잠시, 다시 걸음을 옮겨 드디어 화장실 앞.

'수리 중'

그는 물끄러미 화장실 문에 걸린 명패를 보다가 문을 열고 화장실로 들어섰다. 남자는 한숨을 한 번 크게 쉬고 나서 화장실 칸칸마다 노크하기 시작했다. 똑똑, 빈 화장실에 공명하는 자신의 노크 소리를 모두 듣고 나서야 남자는 화장실에 아무도 없다는 판단을 했다. 그는 두 번째 칸의 문을 조심스레 열었다. 남자는 안으로 들어서기 전에 주변을 한번 둘러보았다. 그러고는 변기 뚜껑을 열고 안을 들여다봤다. 검은색 비닐 봉투, 남자가 찾고 있던 물건이었다. 손을 넣어 비닐 봉투를 찢고는 내용물을 확인했다. 차가운 금속의 감촉. 그는 얼굴을 약간 찡그리더니 곧 평정을 되찾았다. 내용물은 사진 한 장과 9mm 구경 권총 한 정이었다. 남자는 사진을 꺼내 오래 들여다보았다. 사진 속 구레나룻을 기른 사내의 얼굴을 한참 동안 물끄러미 바라본 다음, 서둘러 권총을 허리춤에 찔러 넣었다. 세면대 앞에 섰다. 짙은 그림자가 드리운 얼굴. 남자는 거울 속에서 잠시 야수의 얼굴을 보았다.

"이제 거의 끝이야."

그가 거울 속 그에게 말했다. 천천히 일그러지는 자신의 얼굴을 바라보던 남자는 주먹을 쥐고 화장실 문을 나섰다.

남자는 홀 입구로 접어들었다. 그는 잠시 입구에 선 채 수십 명의 사람이 모여 떠들고 있는 백 평이 넘는 홀을 바라보았다. 남자는 쟁반을 하나 챙겨 들고 떠들썩한 소음의 근원으로 천천히 걸어 들어갔다. 종업원들이 홀을 가로지르며 정신없이 손님들을 안내하고 있었다. 남자는 천천히 걸음을 옮기며 홀 안의 사람들을 주시했다. 그는 사진 속에서 본 인물을 머릿속으로 그리며 그와 같은 사람을 찾고 있었다.

"이랏샤마세(어서 오십시오)!"

인사하는 소리에 남자가 고개를 돌리자 종업원들이 일제히 차려 자세로 고개를 숙이는 모습이 보였다. 홀 입구에는 사십대 후반의 남자를 둘러싼 한 무리가 우르르 몰려들어 오고 있었다. 다시, 남자의 가슴이 뛰었다. 사람들에게 가려 얼굴이 제대로 확인되지 않았지만, 힐끔 보이는 얼굴에서 그는 확신했다. 남자는 빠른 걸음으로 사십대 후반의 남자에게 다가갔다. 그는 사람들의 안내를 받으며 여유 있게 창가 테이블에 앉았다. 남자는 터질 듯한 가슴을 간신히 억누르며 자신의 표적에게 다가갔다. 앞을 가로막으며 지나가는 손님들이 남자의 시야를 가렸다. 남자는 허리춤에 꽂아뒀던 총을 꺼내 쟁반 아래에 숨기고 사람들을 헤집으며 한 걸음씩 표적에게 다가갔다. 다리가 풀릴 것 같은 긴장감에 휩싸였지만, 오로지 자신의 도움을 기다리고 있을 한 여자를 생각하며 성큼성큼 사십대 후반의 그 남자에게 걸어갔다.

'다 왔어.'

남자는 생각했다. 그가 총을 겨누자, 사십대 남자를 호위하고 있던 덩치들이 깜짝 놀라 남자를 바라보았다. 그는 들고 있던 쟁반을 내던지고 창가를 향해 돌아앉은 사십대 남자의 뒷목에 총구를 갖다 댔다. 사색이 된 덩치들이 자리에서 일어났다. 총구을 느낀 사십대 후반의 남자가 천천히 고개를 돌렸다. 사진 속에 있던 그 남자였다. 총을 꼭 쥔 남자의 침이 꼴깍 넘어갔다. '이 총을 놓치면 모두 죽는다.' 이건 그의 모든 것이 걸린 모두의 생명 줄이었다. 남자는 방아쇠에 얹은 손가락에 힘을 실었다. 그의 등줄기에서 차가운 땀이 주르륵 흘러내렸다.

'순이 씨, 내가 꼭 살려줄게. 이 아들 깡철이가 엄마 꼭 살려줄게.'

남자의 검지에 힘이 들어갔다. 뇌리에 깊이 박혀 있던 한마디가 떠올랐다.

"우리는 약하니까."

남자의 얼굴이 오래전 그 노을을 다시 바라보는 것처럼 평온해졌다.

'탕!'

날카로운 총소리가 연회장을 채웠다.

부산, 부산 사람 그리고 아들

1

수지는 광활한 산복도로의 전경을 한참 동안 가만히 바라보고 있었다. 산비탈에 다닥다닥 붙은 알록달록한 집들이 꼭 엽서에서나 보던 그리스의 산토리니 풍경 같았다. 수지는 그 풍경을 찬찬히 가슴에 담았다. 그녀는 여행을 떠나기로 결심한 자신이 대견한 듯 간간이 미소를 지으며 걸었다. 구불구불한 골목길을 걸어 내려가는 사람들, 촘촘하게 서로 닿아 있는 지붕 아래에서 두런두런 들리는 삶의 소리가 귓전을 맴돌았다. 수지는 사진에 이 모든 아름다운 것을 다 담을 수 없다는 아쉬움을 느끼면서도, 눈앞에 펼쳐진 풍경 하나하나를 카메라에 정성스럽게 담아갔다. 산복도로의 낯익은 골목길, 가게 안에서 졸고 있는 대머리 아저씨, 찰칵!

셔터가 열리고 닫힐 때마다 그녀의 입에는 미소가 머금어졌다.

"어?"

수지는 카메라를 위로 쳐들고 앵글을 맞추다가 갑자기 눈을 동그랗게 뜨고는 고개를 저었다.

"뭐지? 사람인가?"

수지가 다시 카메라를 굴뚝에 향한 채 줌으로 당겨 자세히 들여다보니 그건 진짜 사람이었다. 그것도 여자였다.

'어떡하지? 너무 위험해!'

수지는 다급하게 전화기를 꺼내 들었다.

"저기 119죠? 그러니까, 기어 올라가요."

"예?"

"사람이 기어 올라간다고요."

수화기 너머에서 짧은 탄식 소리가 건너왔다.

"뭐가, 어디를 기어 올라가고 있다는 말입니까?"

"사람이요. 아…아줌마요."

2

강철의 사이드카가 현장에 도착했을 때는 이미 구경꾼들로 인

산인해였다. 사람들은 불꽃놀이라도 보는 듯 입을 벌리고 하늘을 올려다보고 있었다. 모두의 시선이 십중되어 있는 굴뚝 끝에는 중년의 여자가 꾸역꾸역 오르고 있는 모습이 보였다.

"자살할라는 기가?"

"하는 꼬라지가 딱 보니 쇼하는 거 같은데?"

모여 있는 사람들이 수군거리는 소리가 강철에게 들려왔다. 갓길에 패트롤카를 세워놓은 경찰들이 교통정리를 하고 있었지만, 사람들이 꾸역꾸역 모여들어 현장은 이미 북새통이었다. 강철은 다급하게 구경꾼들 사이를 헤집고 들어가 모두가 올려다보고 있는 굴뚝 위를 보았다.

"아이고, 순이 씨!"

강철은 이마에 맺힌 땀을 닦으며 굴뚝을 향해 소리쳤다. 하지만 여자는 아랑곳없이 굴뚝 끝을 향해 위태롭게 오르고 있었다.

"이기 뭐하는 기고?"

누군가 강철의 어깨를 툭 치며 말했다. 파출소장이었다. 그도 이마에 흐르는 땀을 연신 닦아내고 있었다.

"인자 그만 퍼뜩, 좀 내려온나!"

파출소장이 메가폰을 들고 굴뚝을 향해 소리쳤다.

여자는 파출소장의 말은 들은 채도 하지 않고 꾸역꾸역 굴뚝 계단을 올랐다. 순간, 여자의 오른쪽 발이 미끄러지며, 신발 한 짝이 바닥으로 떨어졌다.

"어, 어."

사람들이 일제히 소리쳤다. 파출소장의 얼굴이 순간 하얗게 질렸다.

"취소! 취소! 아줌마, 내려오지 마! 꼼짝 말고 그대로 얼음, 얼음!"

파출소장이 화들짝 놀라 다급하게 소리쳤다. 메가폰을 통해 흘러나오는 파출소장의 쉰 듯한 목소리가 군중들 사이로 퍼졌다. 강철은 자신의 사이드카로 달려가 주섬주섬 무언가를 찾기 시작했다.

"깡철아, 아무래도 내가 제 명대로 못 살지 싶다."

파출소장이 한숨을 푹 쉬며 돌아보았다. 그의 손에는 좀 전에 떨어진 여자의 신발 한 짝이 들려 있었다. 이미 한두 번 겪는 일이 아닌 듯 얼굴에는 체념이 섞여 있었다.

"걱정 마세요. 제가 퍼뜩 델꼬 내려올게요."

강철은 파출소장이 내미는 신발을 받아 들고 전신주 작업 벨트를 허리에 찼다.

"김 순경, 뭐하노? 저 답답한 새끼 저거. 119 좀 빨리 오라 케라, 빨리!"

파출소장이 소리 질렀다. 멍청히 굴뚝을 바라보던 김 순경이 그제야 분주하게 움직였다.

"저, 어리바리한 새끼. 강철아, 큰 문제 없겠제? 내 목 날아가는 거 아니제?"

"퍼뜩 나녀올세요."

강철은 몸을 슬슬 풀고 성큼성큼 사다리를 올랐다. 사람들이 웅성거렸다. 군중 속에 섞여 있던 수지의 시선이 강철에게 향했다.

"길 막지 말고 좀 가이소. 뭐 큰 구경이라고 이 난립니까? 봐라, 느그 뭐하노? 통제 안 하나?"

파출소장이 소리치자 그때서야 순경들이 사람들을 통제하기 시작했다.

고성이 오가고 사람들이 우왕좌왕하는 사이, 강철은 굴뚝을 타고 어느새 여자 바로 밑까지 올라갔다. 여자는 굴뚝 아래에서 일어나는 소동이 자신과는 아무런 관계가 없다는 듯 선글라스를 낀 채 사탕을 입에 물고는 태연하게 걸터앉아 멀리 북항 쪽을 바라보고 있었다.

"경찰들이 약이 있는 대로 올랐다. 한 번만 더 사고 치면 집어넣을 거 같드라. 우리가 그래도 교양은 있는 편 아이가? 인자 절대 안 할 끼다, 그자? 오늘도 조용히 내려갈끼제?"

강철은 턱 끝까지 차오르는 숨을 간신히 누르며 여자에게 말했다. 여자는 미동도 않고 여전히 멀리 북항에서 배가 드나드는 것을 바라보고 있었다. 강철이 안전띠를 여자의 허리에 감고 들고 올라온 신발을 신기는 동안에도 여자는 말없이 북항을 바라볼 뿐이었다.

"뭐하노? 와 말이 없노?"

"얼음이다. 얼음."

여자가 들릴까 말까 하는 소리로 소곤거렸다.

"땡!"

강철이 씩 웃으며 여자의 어깨를 툭 건드렸다. 그제야 여자의 얼굴이 환해졌다. 여자는 입에 물고 있던 막대사탕을 강철에게 내밀었다. 강철은 여자가 내민 사탕을 받아 입에 물었다.

"여보, 여보는 진짜 답답해요. 여보는 얼음에 말할 수 있나? 그리고 왜 이렇게 늦었노?"

"몰라서 묻나? 누구 먹여 살린다고 비즈니스가 엄청나게 바빠가 일한다고…"

"시끄러워요."

여자는 강철의 말을 자르며 토라진 듯 몸을 돌렸다. 강철은 난처한 듯 머리를 쓸어 넘기더니 여자 옆에 앉았다.

"여기 어때요? 언제 와봐도 느끼는 건데, 참 경치가 특별해. 내 죽으면 여기다 뿌리주이소. 매일 하늘에서 살구로. 오케이?"

강철이 여자의 어깨에 손을 올렸다. 여자의 물컹한 어깨가 강철의 마음을 흔들었다. 한때는 돌처럼 단단했던 여자, 그러나 당뇨

합병증으로 찾아온 신부전증과 치매에 저항도 한 번 못하고 날로 쇠약해져 이제는 어린아이가 된 것만 같은 여자, 바로 강철의 엄마 순이었다.

"우리 엄마, 차~ 암~ 천진이 난만하시네?"

강철이 무너질 것 같은 마음을 간신히 추스르며 말했다.

"몰랐어요? 남들도 그럽디다. 볼수록 귀엽다고."

강철은 일부러 호탕하게 웃더니 자리에서 일어나서 옷을 툭툭 털었다. 발아래, 웅성거리는 사람들이 보였다. 강철은 저 아래 있는 구경꾼들과 자신의 거리가 마치 세상과의 거리처럼 멀게 느껴져 쓸쓸한 기분이 들었다.

"이 정도 했으면 내려가지? 구경하는 사람도 많은데?"

"하이라이트가 빠졌잖아."

"또? 지금? 참 나."

강철은 당황스러웠지만 순이가 절대 그냥 내려가지 않을 것임을 잘 알고 있었다. 언제나 그래왔으니까. 강철은 늘 순이가 바라는 대로 해주었다.

"둘이 뭐하노? 관광 왔나? 간짜장이라도 시키주까? 퍼뜩 좀 내리온나!"

굴뚝 아래에서 파출소장의 목소리가 들렸다. 강철은 포기한 듯 한숨을 쉬고는 입에 문 막대사탕을 빼서 마이크 삼아 잡았다.

"지금은 그 어디서~ 내 생각 잊었는가~ 꽃처럼 어여쁜 그 이름도 고왔던~ 순이~ 순이야~."

강철은 노래를 부르기 시작했다. 순이가 제일 좋아하는 〈부산 갈매기〉였다. 강철의 노랫소리가 부산 바람을 타고 퍼졌다. 이 노래를 몇 번이나 불렀던가? 강철은 노래를 부르며 생각했다.

'그래, 해줄 수 있는 게 있다면 나는 다 해줄 끼다.'

강철의 목소리가 커졌다. 웅성거리던 구경꾼들이 강철의 노랫소리가 들리자 조용해졌다. 모두 굴뚝 위에서 흘러 내려오는 강철의 투박한 노래를 들었다. 사람들 틈에 섞여 있던 수지도 마찬가지였다. 굵고 투박한 그의 목소리가 수지의 마음 어딘가를 긁고 그녀의 몸을 빠져나가는 것 같았다. 그녀는 자신도 모르게 마음 한구석이 뭉클해지는 것을 느꼈다. 절대 놓치고 싶지 않은 풍경이었다. 수지는 카메라를 들어 줌으로 당겼다. 파인더에 굴뚝 위에 앉은 두 사람이 잡혔다. 둘의 모습은 막 꽃잎을 밀어내기 시작한 벚나무를 보고 있는 것처럼 서글프고도 아름다운 장면이었다. 찰칵!

"부산 정말 재미있는 곳이네."

수지는 액정에 담긴 둘의 모습을 물끄러미 바라보며 말했다. 강철의 노래는 계속되고 있었다. 멀리서 들리던 구급차의 사이렌 소리가 가까워지는 동안에도 강철의 노래는 끝나지 않았다.

3

방한복을 뒤집어쓴 강철이 숨을 토할 때마다 하얀 입김이 피었다. 참치들이 쏟아졌다. 인부들은 갈고리를 이용해 참치를 분류하고 주차해 있는 컨테이너 차량에 밀어 넣었다. 하역 작업을 하는 인부들은 연신 거친 숨을 토해냈다. 그들은 마치 북극에 사는 짐승들 같았다. 강철은 그곳에 함께 있었다. 그는 온통 얼음 고드름인 운반선 냉동 창고 안, 참치 아가미에 와이어를 묶어 잡아당기는 일을 하고 있었다. 강철이 와이어를 잡아당길 때마다 바닥에 있던 참치들이 우르르 하늘로 올라가며 얼음파편을 작업장에 뿌렸다. 한때는 최고 시속 200km 가까이 헤엄을 치며 전 세계 바다를 누비던 생물이었다. 크레인에 묶여 운반선 데크에 쏟아지는 참치들을 바라보며 강철은 숨을 골랐다.

"밥 묵고 하자!"

운반선 위에서 작업반장이 점심시간을 알렸다. 저마다 맡은 일을 하던 인부들이 속속 하던 일을 놓고 흩어졌다. 강철도 고무장갑을 벗고 창고 위 운반선으로 올랐다. 온몸이 성에로 덮인 강철에게 운반선 위에 있던 작업반장이 수건을 던졌다.

"모친 안 보이시는 거 보니 자원봉사자 오는 날인갑네? 니는 환하고 얼굴도 잘생긴 기 내 젊었을 때랑 똑같다."

강철은 작업반장이 던진 수건을 받아 머리를 탁탁 털었다.

"행님은 못생겼잖아?"

"예리한 놈. 됐다 마, 밥이나 묵어야지."

작업반장은 무안한 듯 웃더니 코를 훌쩍이며 식당으로 터벅터벅 걸어갔다. 강철은 작업반장의 뒷모습을 바라보며 계속 머리를 털었다.

"행님, 장난이다. 알제?"

작업반장은 뒤를 돌아보지 않고 손을 흔들며 식당으로 향했다. 강철에게는 불편하지 않은 몇 안 되는 사람이었다.

"깡철아!"

강철은 머리를 마저 털며 소리가 나는 쪽으로 고개를 돌렸다. 운반선 근처에서 깁스를 한 남자가 손을 흔들고 있는 게 보였다. 강철의 유일한 친구 종수였다. 종수는 장난스럽게 손을 흔들며 강철에게 뛰어왔다.

"근처에 수금하러 왔다가 니 생각이 나서 왔다. 내밖에 없제?"

종수가 담배에 불을 붙이며 말했다. 강철이 종수의 입에 물린 담배를 얼른 낚아챘다.

"이 물건 하루 빨리 갱생의 길로 인도해야 되는데, 주님 내가 너무 바빠가 시간이 없어요. 내 친구 깡패 시다바리 요거. 우찌 해야겠습니까?"

강철은 종수에게 뺏은 담배로 성호를 긋더니 입에 물었다.

"니 뽕이다. 나 깡패 아이거든요? 우리는 스폰서가 재일교포 출신 야쿠자거든요?"

"야쿠자? 사채로 피 빠는 모기 같은 새끼들이 스폰서는 무슨?"

종수는 담배를 다시 꺼내 물고 불을 붙여 한 모금 빨더니 천천히 주변을 둘러보았다.

"아이고, 누가 요런 냉동 창고에서 노가다하는 사람 아니랄까봐 교양 없이 말하시네. 사채가 아이고, 사금융, 더 고급스런 말로 대부업, 요 무식한 새끼야."

강철이 호탕하게 웃으며 종수의 머리를 한 대 쳤다.

"대부는 알 파치노 나오는 영화 제목이고 느그는 생야아치, 다른 말로 깡패 새끼들이잖아!"

"됐다. 나는 니랑 더 이상 고급스런 이야기 못하겠다."

종수는 담배를 멀리 튕겨내더니 강철의 어깨에 손을 올렸다.

"한잔하까?"

"일하는 중이다."

"그라모 끝나고 한잔하까? 튕기지 마라. 오늘 튕기면 나 외로바서 콱 죽을지 모르니까."

"통닭 사주면."

"새끼, 요거, 꼭 요래요. 오케이. 끝날 때 데리러 올 테니까, 게스트하우스 수금하고, 통닭 사 묵으러 가자."

4

"메인 요리 올리겠습니다."

상곤이 말하자 휘곤이 문을 열고 들어왔다. 일본의 전통 악기 샤미센 줄을 퉁기는 소리가 은은히 울리는 방, 상석에 앉은 구레나룻이 덥수룩한 남자는 고개를 끄덕였다. 남자 옆에 앉아 있던 또 한 명의 남자가 잔잔히 웃었다. 그들은 상곤과 휘곤에게 자금을 대고 있는 스폰서인 야쿠자 조직 넘버 원 야가미와 넘버 투 아기토였다. 덩치가 좋은 보디가드 둘이 그들의 뒤를 든든히 지키고 있었다. 야가미는 막 비워진 자신의 전채 접시 옆에 젓가락을 놓았다. 아기토는 여전히 식사 중이었다. 그는 물로 입을 행구고 정중하게 고개를 숙이고 있는 휘곤의 알루미늄 007가방을 바라보았다. 그들의 맞은편에 앉아 있던 상곤이 눈짓으로 휘곤에게 명령을 내리자 휘곤이 가방을 열어 보였다. 휘곤이 연 가방에는 백 달러짜리 지폐가 가득 차 있었다. 야가미와 아기토는 무표정하게 가방을 물끄러미 바라보다가 시선을 거뒀다.

"명동보다 저희가 더 잘 굴리고 있습니다."

상곤의 말이 끝나는 순간, 툭! 그의 얼굴로 센베이 과자가 날아왔다. 아기토였다. 상곤은 자세를 고치며 과자를 피하려 했지만 아기토는 더 집요하게 상곤의 얼굴 쪽으로 과자를 던졌다.

"겨우? 작작 좀 해먹어. 그러다 총알도 먹겠다!"

아기토는 말을 하는 내내 상곤에게 과자를 던졌다. 재일 교포에다 오랜 시간 거래를 해서인지 그는 우리말에 능통했다.

"무슨 말씀이신지…."

아기토는 상곤의 얼굴로 여전히 과자를 던지며 말했다.

"개가 주인 행세를 하고 있잖아, 이 깡패 새끼야!"

상곤의 얼굴을 맞고 떨어진 과자가 앞으로 툭 떨어졌다. 상곤은 그것을 바라보았다. 속에서 불길이 치밀었지만 간신히 참으며 앞에 앉아 있는 둘에게 웃어 보였다. 아기토가 이번엔 들고 있던 찻잔을 상곤에게 던졌다. 찻잔이 상곤의 이마에 부딪치며 찻물이 상곤의 얼굴을 적셨다. 순간, 휘곤이 벌떡 일어났다. 그는 주먹을 쥔 채로 그들을 노려보며 당장이라도 싸울 기세였다. 야가미와 아기토 뒤에 서 있던 보디가드들이 후다닥 싸울 자세를 취했다. 휘곤은 이를 갈며 서서 그들을 노려보았다. 그러나 상곤은 아무렇지도 않게 자신 앞에 떨어진 야가미의 찻잔에 차를 다시 따라 그의 앞에 놓았다. 분을 참지 못한 휘곤은 문을 박차고 나갔다.

"동생이라고 했나?"

차분하게 상황을 지켜보던 야가미가 입을 열었다. 독특한 목소리의 여운이 방안을 채웠다.

"하나뿐인 피붙입니다. 젊어서 아직 피가 뜨겁습니다. 귀엽게 봐주십시오."

상곤은 정중하게 손을 모으고 고개를 숙이며 말했다.

"쇼하지 마, 저 새낀 죽었어."

아기토가 빈정거렸다.

"말씀이 좀 듣기 거북합니다."

상곤의 미간이 짙게 일그러졌다. 아가토가 주먹으로 상을 내리쳤다. 금방이라도 상곤을 덮칠 기세였다. 상곤은 아기토의 눈을 피하지 않고 그를 노려봤다. 아기토가 벌떡 일어났다. 상곤은 부서질 듯 주먹을 움켜쥐었다. 그의 시선은 여전히 아기토에게 고정되어 있었다.

"어이! 내가 말하고 있잖아, 아기토."

이번에는 야가미가 상을 내리치며 소리쳤다. 모두의 시선이 그에게 향했다. 상곤이 고개를 숙였다.

"죄송합니다."

아기토는 정중하게 야가미에게 고개를 숙이고 자리에 앉았다. 야가미는 상곤에게 차를 따라 내밀고는 자신의 찻잔을 들어 차를 마셨다.

"감사합니다."

상곤은 목례를 하고 야가미가 준 찻잔을 받아 마셨다. 방 안엔 다시 침묵이 흘렀다. 차분하게 차를 마시는 야가미 옆에 앉은 아 기토가 고개를 벽 쪽으로 돌렸다. 상곤은 차를 마시며 아키토를 노려봤다.

'개새끼.'

상곤은 속에서 올라오는 뜨거운 것을 차 한 모금으로 눌렀다. 세상의 밑바닥을 구르며 살아온 그였다. 이런 순간이 닥칠 때마다 상곤은 남들보다 더 위로 올라가야 한다는 생각, 하나밖에 없는 피붙이에 대한 집요한 애정으로 버텨왔다.

'참자, 씨발.'

그는 욕지기가 목구멍으로 넘어오는 것을 참으며 야가미 앞에 서 웃어 보였다. 야가미는 표정 없이 상곤을 바라보며 차를 마셨 다. 절대 뚫을 수 없는 견고한 바위를 보고 있는 듯 상곤의 등줄 기에는 굵은 땀이 흘렀다. 상곤은 이내 고개를 숙였다.

5

문을 박차고 나온 휘곤은 화를 이기지 못해 일식집 나무 기둥을 주먹으로 갈겼다. 그러다가 문득 생각난 듯 성큼성큼 복도를 걸어 코너를 돌자마자 나오는 문을 벌컥 열었다. 문이 열리자 소파에 앉아 자장면을 먹고 있던 남자 세 명이 벌떡 일어섰다. '폴로', '아디다스', '츄리닝'이라고 불리는 휘곤의 똘마니였다. 갑작스런 휘곤의 등장에 셋은 어쩔 줄 모르고 그저 씩씩거리는 휘곤의 눈치만 살피고 있었다.

"야이, 띠, 띰때끼들아! 듁고 싶냐? 내, 냄때 나잖아, 냄때. 이 때끼들 다 듁이삐까."

휘곤은 어린 시절부터 흥분하면 말을 더듬고 혀 짧은 소리를 내는 버릇이 있었다. 그 때문에 늘 놀림을 받았고, 형 상곤과 함께 자신을 놀리는 아이들과 싸우고 또 싸웠다. 초등학생 때는 중학생들과 중학생 때는 고등학생들과, 자신들보다 나이가 많은 상대라도 상관없었다. 그들은 그들을 조롱하는 모두와 매일 피가 터지도록 싸웠다. 자기 코피가 터지면 상대의 코피를 터뜨렸고, 칼을 꺼내 휘두르면 같이 칼을 꺼내 기어이 상대에게 칼자국을 남겨주었다. 언젠가부터 지는 날보다 이기는 날이 많아졌고 절대로 지지 않을 때가 되자 그들을 비웃는 사람들이 없어졌다. 그들은 부산에서 가장 악명 높은 형제가 되었다.

"이 때끼들이 어, 어디서 꼬나보고 이떠. 내, 냄때 난다니까."

순간, 입안 가득 자장면을 물고 있던 츄리닝이 웃음을 터뜨렸다.

"픕!"

그의 입에서 튀어나온 면발이 휘곤의 얼굴에 뒤었다. 화가 머리 끝까지 난 휘곤이 잭나이프를 꺼내자 폴로가 새떨이를 들어 츄리 닝의 머리를 내려쳤다. 퍽, 머리에서 피가 솟구쳐 올라오더니 츄리 닝이 픽 쓰러졌다. 바닥은 어느새 펌프질이라도 하듯 규칙적으로 그의 피로 번져가고 있었다.

"죄송합니다. 형님, 용서해주십시오."

폴로가 고개를 숙이며 말했다. 휘곤이 폴로의 복부를 걷어차자 폴로가 바닥을 뒹굴었다. 그 옆에서 아디다스가 나무젓가락을 든 채로 휘곤을 보며 벌벌 떨고 있었다.

"때끼, 애들 관리를 어뜨케 하는 거야. 이 때끼야. 뭘 보고 있어? 통. 통 갖고 와. 통, 통."

아디다스가 나무젓가락을 든 채로 허겁지겁 총을 찾기 시작했다. 그는 소파 옆에 놓은 철제 서랍을 떨리는 손으로 한 칸씩 급하게 열고는 마침내 찾아낸 총을 휘곤에게 내밀었다.

"떱때끼들 다 듁일 거야. 이 통으로 다 쏴 듁일 거야."

휘곤이 총을 겨누면서 말했다.

"쇼하지 마라."

그 순간 문이 열리면서 상곤이 들어왔다. 상곤은 총을 든 휘곤 의 어깨를 가만히 감쌌다.

"어이 봐라, 동생. 니가 마파아가?"

휘곤은 얼떨떨한 얼굴로 상곤을 바라보았다. 폴로가 급하게 일어나 상곤에게 90도로 절을 했다. 상곤의 시선이 방 안을 훑다가 피를 흘리며 쓰러진 츄리닝에게 꽂혔다.

"이거 와 이라노?"

"죄송합니다."

폴로는 여전히 고개를 숙인 채로 말했다.

"죽었나?"

아디다스가 얼른 다가가 쓰러져 있는 츄리닝의 코에 귀를 대보더니 고개를 저었다.

"안 죽었습니다, 행님."

"치아라."

나머지 두 사람이 츄리닝을 끌고 방에서 나갔다. 그들이 쓸고 지나간 바닥에는 핏자국이 남았다. 상곤은 그 모습을 가만히 지켜보다가 휘곤이 들고 있던 총을 빼앗았다.

"여기 방음 시설 열악한 거 모르나? 한 방 갈길라모 소음기라도 준비하든가? 그라고 이거 가스총 티 난다."

"내는 꽤, 꽤안타. 하디만 글마들이 니, 니, 니한테 그라는 거 더, 더, 더는 못 탐는다!"

"풍 왔나?" 숨 쉬고 말해라, 천천히."

"혀, 형한테 깡패라 카는 새, 새끼는 내, 내가 둑이삘 끼다!"

"허허, 깡패 맞다 아이가?"

휘곤은 뒤통수라도 맞은 듯 멍해졌다. 그러고는 거짓말이 들통 난 아이처럼 고개를 숙였다.

'사랑하는 내 동생. 내 새끼. 하나밖에 없는 내 핏줄.'

상곤에게 휘곤은 늘 아픈 손가락이었다. 누구든, 어떤 상황이든 동생을 건드리는 것들은 지옥 끝까지라도 쫓아가서 끝장을 내겠다고 다짐하며 살아온 인생이었다. 상곤은 동생의 머리를 쓰다듬으며 잔잔히 웃었다.

"동생아, 행님은 괘안타. 알제?"

"아 씨, 우리 해, 행님은 너무 소, 솔딱해! 근데 이 개자슥들은?"

"개자슥들? 갔다."

휘곤은 금방 아이처럼 해맑게 웃었다. 상곤은 그런 휘곤을 물끄러미 바라보았다.

6

게스트하우스 데스크에서 종수가 사장에게 수금을 하는 동안 강철은 큰 창을 통해 바깥을 바라보고 있었다. 아담한 사이즈의 건물, 바다를 향한 해안도로와 인접해 있는 게스트하우스 테라스에는 삼삼오오 여행자들이 모여 있었다. 그들은 웃고 떠들며 여유롭게 이야기를 나눴다. 그들의 자유로움이 큰 창을 넘어 데스크에 서 있는 강철에게도 고스란히 전해졌다. 그 싱싱함이 강철의 몸 깊숙한 어딘가를 건드려댔다. 강철은 한동안 그들에게서 시선을 떼지 못했다.

"참 팔자 좋은 청춘들 아이가? 이 살벌한 세상에 여행이나 다니고."

종수의 목소리에 강철은 퍼뜩 정신을 차렸다.

"사탕 통이나 줘봐라."

강철이 눈짓으로 사탕 통을 가리키며 말했다. 종수는 장부를 챙기며 데스크 앞에 비치된 사탕 통을 통째로 강철에게 건넸다. 주인이 미간을 찡그리며 그 둘을 바라보았다.

"복숭아~ 엄마가 좋아하는 맛."

종수는 주인을 아예 무시하며 강철이 사탕 고르는 것을 도왔다. 강철은 복숭아 사탕 몇 개를 꺼내 주머니에 넣고 사탕 통을 주인에게 건네며 꾸벅 하고는 성큼성큼 문을 향해 걸었다. 문을 연 강철 앞에 수지가 서 있었다. 둘의 시선이 잠깐 동안 섞였다. 수지의 등 뒤에서 훅 불어온 바람 때문인지 수지의 샴푸 냄새가 진하게 강철에게 전해졌다. 강철은 아무 말도 못 하고 자신 앞에서 있는 수지를 멍하게 바라보았다. 견고한 침묵이 둘을 감쌌다. 한동안 느껴보지 못한 이색힘 때문인지 강철이 얼른 밖으로 니가려는데, 수지의 움직임이 겹쳤다. 좌우, 서로 비껴가려 했지만 둘은 한참 왔다 갔다를 반복했다.

"뭐해요? 지금 스텝 밟아요?"

수지의 말에 머쓱해진 강철이 고개를 으쓱하며 얼른 자리를 비켰다. 종수가 옆에서 휘파람을 불었다. 수지는 데스크로 가서 사탕 통에 있는 사탕을 집어 포장을 벗기더니 입속으로 쏙 넣었다.

"서울 아가씨, 오늘은 어디 갔다 왔능교?"

게스트하우스의 주인이 수지에게 물었다.

"산복도로요."

수지는 사탕을 빨며 주인이 건네는 방 열쇠를 받았다.

"참 이해를 몬 하겠네. 거 뭐 볼 거 있다고."

"어제는 볼만했어요."

수지는 강철을 물끄러미 쳐다보며 말했다. 그녀는 강철을 아래위로 훑어보다가 휙 돌아서더니 2층을 향해 사뿐사뿐 걸었다. 강철의 시선은 내내 2층으로 올라가는 수지의 등을 향하고 있었다. 종수는 강철 옆에서 둘을 번갈아 보다가 강철의 어깨를 툭 쳤다.

"뭘 그렇게 보노?"

"틀림없네."

"뭐가?"

"가시나 저거 내한테 꼽혔다."

종수는 걸음을 멈추더니 배를 잡고 웃었다. 그런 종수를 심드렁하게 바라보던 강철이 주인에게 목례를 하더니 바깥으로 향했다.

"참, 여자 취향 클래식하네. 니 지금 지랄 똥 때리나?"

잰걸음으로 뒤를 따라온 종수가 강철을 뒤에서 와락 껴안으며 말했다.

"휠(feel)…. 새끼야."

강철은 등 뒤에 있는 종수를 휙 떼버리더니 주차해둔 오토바이를 향해 성큼성큼 걸었다.

"니가 그라니까 첫사랑에 실패한 기라."

종수가 앞서 걷는 강철의 엉덩이를 발로 차며 말했다. 강철은 유연하게 종수의 발차기를 피하더니 주머니에 손을 넣고 사이드카의 열쇠를 찾다가 문득 종수를 바라보며 말했다.

"첫사랑? 내는 없는데?"

종수는 입꼬리를 올리며 씨익 웃었다. 강철을 놀릴 때는 으레 나오는 표정이었다. 어릴 때부터 한동네에서 뒹굴며 자라온 둘은 눈빛 몸짓만 보고도 서로의 기분이나 상태를 파악할 수 있을 정도로 가까웠다. 수십 번 싸우고 수십 번 화해하며 둘은 어쩌면 가족만큼이나 서로에게 필요한 존재가 되었다.

"재숙이 있다 아이가."

송수가 깔깔거리며 놀렸다. 강철은 그런 종수의 등짝을 한 대 후려쳤다. 종수는 갑작스러운 공격에 그 자리에서 펄쩍펄쩍 뛰며 아파했다.

"그 가시나 얘기는 뭐한다고 하노?"

"서울에서 연예인 한다 카드만 요새 제법 잘나가데."

"떡치킨이라고, 니 그거 모르나? 이름부터 '섹'스러운 그 치킨 브랜드 안 있나? 거기 전속 모델이라 카드라."

"떡치킨? 떡도 묵고 치킨도 묵는 뭐 그런 거가?"

강철은 사이드카에 오르며 고개를 갸웃거렸다.

'떡치킨? 이름 참 거시기하긴 하네.'

그는 속으로 생각하며 재숙의 얼굴을 떠올렸다. 강철이 열 번 거절해도 끈질기게 들러붙어 마침내 잠깐 사귀었던 재숙은 그래도 동네에서 가장 예쁘다고 소문난 여자아이였다.

"그라믄 새끼야, 그 짓 한 번 하고 묵는 치킨이겠나?"

종수가 사이드카에 오르며 말했다. '잘됐네.' 강철은 머릿속에 떠오른 재숙의 얼굴을 비워내고 출발하려고 키를 꽂았다. 시동을 거는데 강철의 시선에 베란다에서 책을 보고 있는 수지의 모습이 들어왔다. 책을 보던 수지가 잠깐 고개를 드는 사이 강철과 수지의 시선이 마주쳤다.

"어, 조심스레 이런 생각이 드네. 혹시 내한테 반한 기 아닐까? 하는 생각."

사이드카 옆 자리에 앉아 있던 종수도 수지를 발견하고 손을 흔들었다. 창가의 수지가 손을 흔드는 종수를 보고 피식 웃더니 천천히 가운데 손가락을 들어 보였다. 수지를 바라보던 강철이 실실거렸다.

확실히 처음 보는 스타일의 여자였다. 단지 서울에서 왔다는 이유가 때문이 아니라 강철은 알 수 없는 그녀의 자유로움이 마음을 움직였다. 그러기는 수지도 마찬가지였다. 굴뚝에서 노래를 부르던 강철의 모습과 그 목소리가 내내 지워지지 않았다. 수지는 그때 강철이 지은 표정이 어떤 것인지 곰곰이 생각했지만 '서글픔' 같은 단어로는 도저히 그 느낌을 다 표현할 수 없었다.

강철과 수지는 각자의 위치에서 한참 동안 서로를 응시했다. 온통, 의문이 가득한 기분이었지만 강철도 수지도 나쁜 감정은 아니었다. 강철이 액셀을 당겨 사이드카를 출발시키는 동안에도 수지는 시선을 거두지 않았다. 마침내 강철이 시선에서 벗어나고 나서야 수지는 겨우 읽던 책에 다시 얼굴을 묻었다.

'세상에는 결코 이름 붙일 수 없는 마음들이 있다. 우리는 한 생을 오롯이 투자해 그 마음들에 이름을 붙이려 하지만, 성공한 사람보다 실패한 사람이 많다. 이름을 붙이는 것에 성공한 사람들은 그 마음들의 이름을 평생 비밀로 간직하고 살아가기에, 도전하지 않고는 아무도 그 마음의 실체를 알 수 없다.'

수지는 그 문장을 읽고 나서 다시 한 번 킹철이 지나간 자리를 눈으로 더듬었다.

"촌놈들."

소금기를 가득 품은 바람이 불어와 수지를 휘감았다. 수지의 입가에 옅은 미소가 내려앉았다.

7

강철은 달리고 있다. 바닷바람이 거세게 그의 머리카락을 쓸어 넘겼다. 언덕을 오르고 다시 또 내려갔다. 부산의 언덕에는 정말 집이 많았다. 관광지가 차지한 평지에 집을 가질 수 있는 사람들이 많지 않으니, 많은 사람들이 언덕을 오르고 올라야 간신히 자신의 몸을 누일 수 있는 집을 가질 수 있었다. 강철도 그랬다. 살아가기 위해 그는 늘 달렸다. 한 번도 쉰 적 없이, 오직 단 한 사람을 위해서, 단 한 번도 불평한 적 없이. 그가 바라는 것은 특별한 것이 아니었다. 그저 남들처럼 평범하게 살아가는 것, 그게 유일한 바람이었다. 하지만 강철에게는 결코 쉽지 않았다. 그의 삶에 '평범'이라는 두 글자를 붙이기 위해 강철은 무던히 노력하고 있지만 음영이 가득한 그의 삶에 그 짧은 단어는 어울리지 않았다. 하지만 강철은 좌절하지 않았다. 지독하게 버텨내야 할 이유가 그에게는 있었다.

강철은 오토바이 속력을 올렸다. S자로 난 길만 지나면 집이다. 강철은 촘촘히 박힌 집들이 빠른 속도로 자신의 곁을 지나가는 것을 보며, 이런 캄캄한 나날도 빨리 지나갔으면 좋겠다고 생각했다. 교회가 보이고, 단골 가게들이 보이고, 순이와 점점 가까워지고 있다고 생각하자 강철의 마음이 놓이기 시작했다. 천천히 속도를 줄이고, 자신이 살고 있는 동네를 둘러봤다. 강철과 순이의 동네, 아들과 엄마의 동네, 강철은 마음이 편안해지는 것을 느꼈다.

'친구야, 내가 대박 내서 꼭 느그 엄마 수술시켜줄게.'

종수의 문자메시지였다. 강철은 미소를 지으며 아까 챙긴 사탕들을 집어 들었다. 계단을 내려가면 즐비하게 늘어선 구식 연립주택들이 보인다. 수백 명의 남루한 삶이 있는 곳, 그 언저리에 강철의 집도 있었다. 강철이 대문을 열고 집으로 들어서는데, 다닥다닥 붙은 고지서가 눈에 들어왔다. 거의 대부분이 연체 고지서였다. 강철의 시선은 그중 한 곳에 머물렀다. 치킨 전단지. 야한 옷을 입은 채 닭다리를 들고 있는 재숙의 얼굴이 눈에 들어왔다. 강철은 피식 웃었다.

"가시나, 인자 용돈 걱정 없이 오뎅 마음껏 사 묵겠네."

전단지를 보며 안으로 들어가려는데, 그 옆에 포스트잇 메모가 붙어 있었다.

'더 이상 감당 못 하겠네요. 미안합니다. 미영 엄마가.'

순이를 위해 봉사활동을 하던 여자였다. 그녀의 봉사활동 덕분에 그래도 강철은 일을 할 수 있었다. 그런 그녀가 이렇게 통보를 한 것이다. 강철은 메모를 보자마자 몸에 거대한 추라도 달린 듯 지옥으로 빨려 들어가는 느낌이 들었다. "휴우~." 깊은 한숨으로도 감당할 수 없는 일들이 날마다 생겨나고 있었다. 강철은 갑자기 피로감을 느꼈다.

강철이 현관문을 열고 들어오자 순이가 거실 흔들의자에 앉아 있었다. 집으로 들어서려는데 강철의 전화가 울렸다. 미영 엄마였다.

"예, 죄송합니다. 예."

몇 마디 말들이 오가는 동안 순이는 이 상황을 아는지 모르는지 흔들의자에 앉아 한가롭게 창밖을 보고 있었다.

"아주머니, 봉사활동 힘드셨죠? 그래도 덕분에 한동안 편했습니다. 교회는 우리 엄마 나으면 꼭 다닐게요. 좋은 밤 되세요. 할렐루야."

강철은 수화기를 귀에 대고 미영 엄마의 변명을 들었다. 엉망이 된 집을 시선으로 훑으며 강철은 짜증이 머리끝까지 차오르는 것

을 느꼈다. 마침내 강철은 전화를 끊고 순이가 앉아 있는 흔들의
자 옆으로 가 앉았다.

"예쁘다. 예쁘다."

순이는 강철의 어린 시절의 사진을 보며 웃고 있었다. 마음이
풀린 듯 강철은 그 옆에 앉아 가만히 그녀의 손을 잡았다.

"검사하자, 엄마."

강철은 순이의 손끝에서 돋아난 핏방울을 스틱에 발라 혈당 측
정기에 넣었다. 숫자가 표시되자 그는 능숙하게 인슐린 주사를
순이에게 놓았다. 그리고 게스트하우스에서 가져온 사탕을 내밀
었다.

"삐쳤나? 다음엔 일찍 올게. 화 풀어라."

순이가 고개를 저었다. 강철은 난감한 듯 볼을 부풀려 순이에게
보였다. 그래도 순이는 풀릴 기미가 보이지 않았다. 강철이 생각난
듯 목을 풀었다.

"지금은 그 어디서~ 내 생각 잊었는가~."

강철이 애교를 부리자 순이는 그제야 사탕을 받아 입에 물었다.

"여보야가 내 버리면 내는 확 죽어버릴 거예요."

강철은 순이의 남편이자 아들이자 보호자였다. 순이는 당뇨와
함께 치매를 얻었고, 그때부터 강철을 남편으로 착각했다. 가끔
정신이 돌아올 때, 그 잠시 동안만 강철은 순이의 아들이었다.

"참 예쁘게도 말한다. 퍼뜩 청소하고 목욕시키주께."

강철은 순이를 꼭 안아주고 콧노래를 부르며 청소를 하기 시작했다. 이질리진 비닥의 물건들을 치우며 주방 쪽으로 향하던 강철이 순이를 돌아보며 말했다.

"우리 간만에 치킨 한 마리 시키 묵으까? 떡도 묵고 치킨도 묵는 기 새로 나왔다던데."

주방으로 들어서는 동안에도 순이는 대답을 하지 않았다. '우리 엄마가 단단히 삐쳤구나' 생각하는데 갑자기 "쿵!" 하는 소리가 들렸다. 강철은 본능적으로 동작을 멈추고 얼어버린 듯 꼼짝 않은 상태로 소리에 집중했다. "다그닥, 다그닥" 하는 기분 나쁜 소리가 들렸다. 강철이 얼른 거실로 뛰어나갔더니 순이가 바닥에 쓰러져 경련을 일으키고 있었다. 순이는 어항에서 꺼낸 물고기처럼 펄떡이며 삶과 죽음의 경계를 넘나들고 있었다. 강철은 재빨리 순이에게 달려가 품에 안았다.

"엄마, 엄마 니 이렇게 가모 안 된다."

심장이 터질 것같이 뛰었다. 자신의 품에서 순이가 경련하는 것을 받아내며 강철은 엄마가 자신을 꼭 잡고 놓지 않기를 기도했다. 강철은 순이 손에 쥐어져 있는 얼굴 부분이 다 닳은 아빠의 사진을 엄마 품으로 더 가까이 가져다 댔다.

병원 냄새는 강철에게 순이의 다른 냄새였다. 코를 찌르는 그

소독약 냄새가 익숙해질 무렵 강철은 드디어 엄마를 지킬 수 있는 어른이 됐다. 하지만 순이는 강철이 어른이 되는 것을 기다려주지 않았다. 나무가 말라가듯 순이도 부쩍부쩍 시들어갔다. 강철은 순이가 하루가 다르게 쇠약해지는 것이 가장 야속했다. 순이가 기다려주지 않는다는 것, 머리로는 이해하고 있지만 가슴 아픈 것은 어쩔 수 없는 일이었다. 빙글빙글 돌아가는 투석기 옆에서 순이는 곤히 자고 있었다. 주위를 둘러보니 자신의 삶을 지탱해주는 거대한 투석기에 의지해, 한 뼘만큼의 삶을 연장하는 사람들로 병실은 가득했다. 강철은 순이가 누운 침대 옆에 보조 침대를 펴놓고 그 위에 엎드려 복권 번호를 맞춰보고 있었다.

"형제님, 피로 회복하세요."

강철이 고개를 들자 박카스 병을 든 인상 좋은 수녀 한 명이 강철 앞에 서 있었다.

"뭐고? 뭐하러 왔노?"

"끼릭" 박카스 병을 따서 강철의 손에 쥐어준 여자가 팔짱을 끼고 순이를 살폈다.

"딱 보이 돈 아낀다고 싸구려 썼제? 혈당측정기?"

"아이다. 누굴 초짜로 아나? 당뇨 수발이 몇 년인데?"

수녀는 다 안다는 듯 강철의 어깨를 툭툭 두드리며 고개를 끄덕였다.

"귀신을 속이라. 인슐린 오버 쇼크 아이가? 그라믄 '카디오바스 쿨라 디지스'네."

"뭐라고? 뭐라 기는 기고?"

"심혈관 질환, 심혈관 질환."

"에이 씨, 콩팥이나 구해놓고 아는 척하는가? 만날 유식한 척이고. 그라고 누님이 뭐 수녀님가? 만날 옷은 와 바뀌노?"

사실 그녀는 강철과 오랜 시간 연을 맺어온 장기 밀매 브로커였다. 더 이상 방법이 없을 때 강철이 무작정 연락해 연을 맺은 사이였다.

"브로커 일제 단속기간이다 아이가. 핍박이 너무 심하다. 애니웨이, 메이드 인 차이나는 차고 넘친다. 근데 국산 써야지. 이식 감염 생기모 우짜노? 한 번 더 애니웨이, 니 말대로 일단 구했다 쳐. 당뇨에 만성신부전, 심혈관 질환에 백내장에다 결정적으로 치매! 업계에서 느그 엄마 별명이 뭔 줄 아나?"

"안다, 알아. 부산의 헬렌켈러. 에이 씨, 콩팥도 못 구하면서 만날 말만!"

순간, 그녀가 벌떡 일어나더니 강철의 머리에 손을 대고 기도하는 시늉을 하기 시작했다. "뭐야?" 강철이 뿌리치려는데, 뒤로 병원 보안요원들이 힐끔 안을 들여다보았다. 보안요원들이 사라지자 브로커는 뒤를 보며 한숨을 쉬었다.

"구하모 우짤래? 쇼 미 더 머니. 돈을 달라꼬."

"걱정 말고 구하기나 해라. 내 간을 팔아서라도 줄 끼다."

8

"어, 왔나?"

강철의 사이드카가 서자 용접을 하던 종수 아빠 환규가 마스크를 벗으며 반갑게 인사했다. 강철은 오토바이에서 내려 환한 얼굴로 환규에게 손을 흔들었다.

"안녕하세요?"

환규가 사이드카에 앉은 순이에게 다가오며 반갑게 인사했다.

"어디서 개수작이고?"

순이는 다가오는 환규를 피해 휙 고개를 돌리며 냉랭하게 말했다.

"여전하시네."

환규가 멋쩍은 듯 웃었다.

"이거 전에 말씀하신 전세 계약서랑 인감이요."

"집주인이 계약 남았다고 절대로 보증금 못 준다고…."

강철이 고개를 끄덕이며 씁쓸한 미소를 지었다. 강철은 며칠 전 순이의 수술비를 위해 전세를 빼려고 주인집을 찾아갔다.

"그건 그쪽 사정이고 우리는 계약 끝나기 전엔 돈 못 주니까 알아서 해."

주인의 대답이었다. 사정을 해봤지만 답은 같았다. 이 소식을 들은 환규가 강철에게 전세 계약금을 담보로 대출을 받아보는 게 어떠냐고 제안했고, 다급했던 강철은 달리 택할 방법이 없어 그렇게 하자고 했다.

"사실 보증금 받아도 수술할라모 택도 없어예. 어쨋든 아부지, 고맙습니다."

"어차피 나도 대출받아야 된다. 신협에 아는 사람 있으니까, 내 꺼 받을 때 같이 넣어볼라고. 근데 심사 통과되면 본인이 직접 가야 된단다."

강철이 고개를 끄덕였다.

"밥 안 묵었제? 차리줄게 한술 떠라."

"반찬이 먼데예?"

"맛없다."

사이드카에 앉아 있던 순이가 벌떡 일어나며 소리쳤다. 환규의 요리 솜씨는 형편없는 수준이었다. 종수의 말을 빌리자면 모든 싱싱한 재료를 쓰레기로 만드는 특별한 재능을 가진 사람이 환규였다. 강철은 환규를 보며 애써 웃었다. 어떻게 거절할까 고민하던 차에 순이가 불쑥 끼어든 것이 내심 고마웠다.

"진짜 안 묵을래? 너무너무 맛있는데?"

9

일렁이는 바다, 방파제에 산산이 부딪치는 파도, 멀리 수평선 위를 가르는 커다란 배들과 가볍게 하늘을 나는 갈매기들, 그 아래 강철과 순이가 앉아 도시락을 먹고 있다. 강철은 오물오물 입을 움직이는 순이가 음식을 삼킬 때마다 정성스레 다른 반찬을 올린 밥을 순이의 입에 떠 넣었다. 강철은 오물오물 씹는 그 입을 자상하게 바라보며 내내 순이의 손을 잡고 있다. 어떻게든 삶은 지속되고 있었고 그들 앞에는 더 나은 삶이 찾아올 것이라 믿기에, 그 순간 강철은 모든 것을 잊고 순이에게 집중했다. 그는 그게 사랑이라고 생각했다. 삶의 찌꺼기가 거슬리지 않는 유일한 순간, 그게 바로 사랑하고 있을 때라고 생각했다.

"종수 아부지, 진짜 음식 못 하거든. 엄마 잘했다. 종수도 집에서는 절대 밥 안 묵는다 카드라."

강철은 순이의 입에 번진 기름을 닦으며 말했다. 순이는 강철의 말을 듣고는 있는지, 오물오물 입을 움직이고만 있었다. 강철은 다

먹은 도시락을 내려놓고 주머니에서 로또를 꺼냈다.

"엄마, 좀 추워도 참아라. 겨울일수록 햇빛도 쐐줘야 되거든. 비타민D의 원천이라 안 카나? 몇 번?"

"팔 번."

강철이 팔 번에 색칠을 했다. 순이는 그런 강철을 물끄러미 바라보고 있다.

"여보."

"와?"

"짜다."

순이는 입맛을 다시며 말했다. 강철은 로또를 주머니에 집어넣고 보온병을 들어 순이에게 물을 먹였다.

"싱겁다."

"똥개 훈련시키나? 우짜라고?"

"잘해라."

"엄마, 엄마나 내한테 잘해라. 내는 진짜 잘하고 있거든!"

"잘하라고."

'잘하라고.' 그녀의 말에 강철의 마음이 파도처럼 일렁였다. 오랜 항해를 마친 뱃사람처럼 피곤함을 느꼈지만 그럼에도 강철은 순이를 향해 웃어 보였다.

"그래, 내가 더 잘할게. 오랜만에 수업 함 할까? 엄마 이름이 뭐라고?"

순이는 배시시 웃었다. 강철은 그런 순이의 손을 쓰다듬으며 대답을 기다렸다. 갈매기가 그들 위를 둥실둥실 떠다녔다.

"김태희."

"에이, 김. 순. 이. 따라 해봐. 김순이."

"김태희."

"김순이."

순이는 천천히 고개를 저으며 웃었다.

"내는 김태희다."

"그래, 엄마 김태희 해라. 내가 원빈 할게. 자, 다음은 집 주소가 뭐꼬?"

순이는 아이같이 천진한 얼굴로 대답을 생각했다. 강철은 재촉하지 않고 천천히 순이의 대답을 기다렸다. 그때 가까이서 물 가르는 소리와 함께 시끄러운 음악이 들려왔다. 강철이 소리가 나는 쪽으로 고개를 돌리니 요트 한 척이 지나가고 있었다. 배 위에선 파티가 한창이었다. 비키니를 입은 여자들과 건장한 남자들이 음악에 맞춰 몸을 흔들었다. 드라마에서나 나올 법한 선상 파티가 눈앞에서 벌어지고 있었다.

"팔자 좋~네."

강철은 마냥 편안한 얼굴로 놀고 있는 그들을 바라보았다. 그때 그 속에서 낯익은 얼굴이 보였다. 바로 재숙이었다. 떡치킨 모델이라던 그녀였다. 얼굴만 간신히 알아볼 수 있을 뿐, 분위기는 전혀 다른 사람이 돼 있다. 강철은 그런 재숙을 물끄러미 지켜봤다. 시내 분식집에서 어묵을 나눠 먹으며 행복해하던 재숙은 그 어디에도 없었다.

"신경 끄라. 여자는 요물이다."

순이가 강철의 허벅지를 꼬집으며 말했다.

"순이 씨는 여자 아이가?"

"내는 빼고요."

요트는 멀어졌다. 강철의 한 순간은 그렇게 갑자기 나타났다가 갑자기 멀어졌다.

1

　찰칵, 수지의 카메라에 송도 바다가 담겼다. 수지는 셔터를 몇 번 더 눌러 바다에 잠긴 고래 조각상도 송도 앞바다를 한가롭게 노닐고 있는 갈매기도 카메라에 담았다. 강철을 만나고 난 후 수지는 가끔 그를 떠올렸다. 수지 본인의 의사와 상관없이 부산의 정취가 짙게 밴 곳에서 뷰파인더를 볼 때면 순간적으로 강철의 얼굴이 뇌리를 스치곤 했다. 수지는 뷰파인더에서 얼른 눈을 뗐다. 바로 지금이 그 순간이었다.

　강철은 순이를 사이드카에 태우고 해안도로를 달렸다. 해안을 따라 굽이굽이 펼쳐진 아스팔트 위를 달리며 강철은 수지의 얼굴을 떠올렸다. 강철은 달리는 오토바이 위에서 세차게 고개를 흔들었다.

　수지는 버스에 앉아 풍경을 바라보고 있었다. 서울을 떠나면 과거의 자신과 충분히 멀어질 수 있을 거라고 생각했지만, 부산에 오고 나서는 그 생각이 틀렸을 수도 있겠다는 걱정이 들었다. 그녀는 천천히 물 흐르듯 도로 위를 달리는 시내버스에 앉아 한낮의 따뜻한 빛이 모여든 산복도로의 풍경을 바라보고 있었다. 일렁일렁 파고가 낮은 파도처럼 생각이 머릿속을 둥실둥실 떠다녔다. 낯선 언어로 잡담을 하는 노인들, 꾸벅꾸벅 졸고 있는 남자, 사진으로는 담을 수도 없는 삶의 냄새로 가득한 버스 안에서 수지는 또 한 번 강철의 얼굴을 떠올렸다. 묘하게 사연이 맺혀 있는 얼굴, 짙은 그늘이 드리워진 그의 표정 그리고 굴뚝 위에서 애정이 듬뿍 담긴 목소리로 노래를 부르던 모습. 수지에게는 낯설고 이질적인 강철의 모습이 이상하게 마음에 깊게 남아 있었다. 마치 그가 수지의 내면을 할퀴기라도 한 것처럼 수지는 그를 생각 할 때마다 두근거리고 따끔거렸다.

　강철은 지게차 위에 앉아 있었다. 커튼처럼 쳐진 비닐을 뚫고 들어가면 산더미처럼 쌓인 얼음들이 보였다. 눈처럼 얼음 가루들이 허공을 맴돌았다. 인공적으로 만들어진 눈, 그 안에서 지게차로 얼음을 옮기며 강철은 또 한 번 수지를 생각했다. 수지를 처음 봤을 때, 강철은 당황했다. 인간을 부류로 나눈다면 자신과는 절대 같은 부류가 될 수 없는 아우라를 수지는 풍기고 있었다. 삶의 감옥을 간단히 열고 자유롭게 바깥으로 나올 수 있는 여유, 강철은 수지에게서 그런 자유로움이 보였다. 그것은 강철이 꿈꿀 수 없는 것이었다. 온몸을 옥죄는 듯한 현실 속에서 살아가는 강철에게 삶이란 그 자체로 감옥이었다. 그런 그 앞에 있는 수지는 분명 자신과는 다른 특별한 존재였다. 강철은 지게차에 앉아 얼음을 옮기며 소파에 앉아 있는 순이를 바라보았다. 순이는 빗을 들고 있었다. 얼굴을 긁어보고 겨드랑이도 긁어보고, 다시 물끄러미 빗을 바라보곤 했다. 강철은 그런 순이 옆에 스르륵 다가가 지게차를 세웠다. 강철은 지게차에 내려 순이가 들고 있던 빗을 건네받았다. 그러고는 웃으며 빗질하는 시늉을 몇 번 해 보이고 다시 순이의 손에 빗을 쥐어줬다.

"이래 쉬운 기다, 엄마."

강철은 웃었다. 순이는 빗을 받아 머리를 빗었다. 강철은 다시 지게차에 올랐다. 옮겨야 할 얼음이 수백 톤이었다.

하역장에는 크기별로 분류된 오징어들이 가득 찬 박스가 수백 개나 늘어 서 있었다. 수지는 그 모습을 카메라에 담고 있었다. 그녀는 쉼 없이 카메라를 셔터를 눌러댔다. 그러면서도 그녀는 간간이 강철의 얼굴을 떠올렸다. 부두에 정박된 피로한 어선들과, 더 피로한 얼굴로 오징어 상자를 내리는 어부들 그리고 마냥 바람에 날리는 깃발. 수지가 담고 있는 풍경이 꼭 강철의 모습 같다는 생각이 들었다. 뷰파인더에 눈을 댄 채로 수지는 묵묵히 그 광경들을 카메라에 담았다. 그때 강철이 모는 리어카가 수지 옆을 지나갔다. 앞을 볼 수 없을 정도로 오징어 상자를 쌓은 채.

강철은 리어카에서 오징어 상자를 내려 바닥에 쌓았다. 상자는 아무리 내려도 줄지 않는 것 같았다. 온몸이 젖은 강철의 몸에서 더운 김이 올라왔다. 순이는 오토바이 사이드카에 앉아 머리에 빗을 꽂고 선글라스를 낀 채로 잠들어 있었다. 선글라스에 비친 오징어 하역장의 모습이 강철의 눈에 들어왔다. 강철은 페인트통에 피운 모닥불을 순이 옆에 붙여 놓았다. 천연덕스럽게도 곤히 자고 있는 순이의 얼굴을 그는 쪼그리고 앉아 슬쩍 쓰다듬었다. 한때는 꽃이었을, 지금은 시들어가는 나무 같은 순이의 얼굴에 강철은 아팠다. 그렇게 강철이 순이의 얼굴을 바라보고 있는 동안 수지는 셔터를 누르며 그 옆을 지나갔다.

경매 중인 사람들의 펄떡펄떡 살아 있는 모습들, 수지는 알 수 없는 수신호를 보내는 경매인들을 열심히 찍었다. 강철은 낙찰이 된 오징어 상자에 얼음을 채워 운반하고 있었다. 수지는 그 활발

한 광경에 넋을 놓고 서 있었다. 강철은 무겁고 차가운 오징어 상자를 들고 안간힘을 다하고 있었다. 강철이 들고 있던 상자에서 얼음이 하나 툭 떨어졌다. 넋을 놓고 경매를 구경하고 있던 수지의 발 앞으로 얼음이 하나 툭 떨어졌다. 수지가 고개를 돌렸을 때, 낯익은 얼굴 하나가 그녀 앞에 있었다. 강철이었다.

2

강철과 수지는 오랫동안 서로를 바라보았다. 강철은 순이가 자고 있는 오토바이 옆에서 수지는 아직 팔리지 않은 오징어 상자가 쌓인 경매장 한쪽에서. 강철이 얼음 하나를 집어 수지 쪽으로 툭 던졌다. 강철의 얼굴에는 짙은 장난기가 가득했다. 수지는 강철이 던진 얼음을 강철 쪽으로 툭 쳐냈다. 강철은 또 얼음 한 개를 수지 쪽으로 던졌다. 수지는 강철을 노려봤다. 강철은 개의치 않는다는 듯 얼음 한 알을 입에 쏙 넣고는 실실 웃으며 입안에서 굴렸다. 수지는 얼굴을 찡그리고 터벅터벅 강철에게 다가가 강철의 발을 톡 찼다.

"너, 나한테 관심 있니?"

강철은 장갑을 탁탁 털어 그들이 걸터앉아 있던 철제 의자에 널

어놓고 수지를 보며 웃었다.

"어! 있다. 휠이 자꾸 땡기네. 휠!"

"휠? 혹시 에프, 이, 이, 엘 그 필? 날 언제 봤다고?"

"그저께는 산복도로, 어제는 게스트하우스, 오늘은 여기. 아이가?"

강철이 자리에서 일어나 수지에서 다가섰다. 수지는 반사적으로 한 걸음 뒤로 물러섰다. 그러자 강철은 웃으면서 한 걸음 더 다가섰다. 수지는 또 한 걸음 뒤로 물러났다.

"안 잡아묵는다. 우연이 세 번 겹치면 인연이라 했다. 내는 성은 강, 이름은 철이다. 니는?"

강철이 손을 내밀며 말했다. 수지는 강철의 손을 보며 망설였다. 어느새 다가온 순이가 수지의 손을 강철의 손에 포개어 두 사람이 서로 손을 맞잡게 했다.

"내는 김태희다."

순이가 부드럽게 말했다.

"저는 수지예요. 조수지."

수지는 약간 어색한 미소를 머금으며 순이에게 꾸벅 인사했다. 그러면서도 수지는 강철의 손에서 전해지는 온기를 느꼈다. '의외로 따뜻한 손이네' 그녀는 생각했다.

"손이 참 따뜻하네. 저수지."

"유치하게⋯. 조수지거든?"

수지는 강철의 머리를 가리켰다.

"머리가 살짝 풀렸니?"

"응. 풀렸다."

강철은 수지의 신발끈을 가리키며 말했다.

"어? 이거 원래 이렇게 신는 거야."

"둘이 참 잘 어울리네."

"네?"

순이의 말에 수지는 약간 당황하며 어색해했다. '잘 어울린다니, 뭘 보고?' 수지가 생각하는데 순이가 갑자기 깔깔 웃기 시작했다.

"강철이가 그렇게 말하라고 시켰다."

"너 좀 쩐다."

수지는 손을 쑥 빼서 뒤로 숨기며 말했다.

"여행 왔제? 알바 써라. 내를 가이드로. 일당 오 만원밖에 안 한다."

"원래 부산 남자들은 이래?"

"남자가 움직여야지. 무비, 무비! 언제까지 부산에 있노?"

"알아서 뭐하게?"

강철은 장난기 가득한 얼굴을 거두더니, 수지를 바라보았다. 수지는 그런 강철의 얼굴에 약간 긴장했다. 수지의 얼굴이 굳어지자 강철이 씩 웃었다.

"오케이, 내일 내가 게스트하우스로 갈게."

강철이 그렇게 말을 내뱉더니 호탕하게 웃으며 사이드카에 순이를 앉히고 자신도 오토바이에 올랐다.

"내일 보자."

강철과 순이를 태운 오토바이가 수지 곁을 떠났다. 수지는 사기라도 당한 듯 넋이 나간 얼굴로 그들이 떠나가는 것을 멍청히 바라보기만 했다. 오토바이가 시야에서 사라지자 수지는 피식 웃었다.

"촌놈, 그래서 잘도 잡겠다."

수지는 풀려 있는 자신의 운동화 끈을 바라보다 묶었다. 묶고 나니 엉킨 실타래를 풀어낸 것처럼 가벼운 마음이었다. 수지는 다시 한 번 강철이 떠난 자리를 보다가 또 피식 웃었다.

전조 증상

1

고급 세단, 부의 상징물, 자신의 전 재산의 몇 십 배가 넘는 아무나 가질 수 없는 자동차, 종수는 그 자동차의 주인을 대신해서 왁싱을 하고 있었다. 다 마치고 나니 더더욱 자태가 빼어난 세단을 보며 종수는 생각했다. 나는 언제 이런 자동차를 가질 수 있을까? 아무리 생각해도 종수는 이런 고급 승용차를 모는 자신의 미래가 쉽게 떠오르지 않았다. 막 저녁 오픈을 시작한 일식집 마당에서 상곤의 조무래기 몇 명이 구두를 닦고 있었다.

"마! 남자는 무비, 무비! 빨리 닦아라!"

종수는 휘곤의 흉내를 내며 조무래기들을 다그쳤다. 쪼그리고 앉아 구두를 닦고 있던 조무래기들의 손이 빨라지자 종수는 흡족

한 듯 고개를 끄덕였다. 그는 막 가게 입구로 외제 세단이 진입하는 것을 보고 고개를 꾸벅 숙였다.

"어이, 종수! 오랜만이구나! 잘 지냈니?"

운전석 차창이 열리고 종수의 몇 기수 선배 병희가 보였다.

"뱅희 행님! 이야~ 방금 그것은 서울말? 퍼팩트합니다. 행님. 우짠 일입니까? 큰행님 부두에 마구로 보러 가셨는데?"

종수가 말이 마치기도 전에 병희의 차에서 중년 여자가 내렸다. 명품으로 온몸을 두른 것이 한눈에도 부티가 나는 여자였다. 병희도 여자와 함께 내렸다. 병희는 여자를 먼저 정중하게 입구 쪽으로 안내했다. 또각또각, 여자가 단아한 걸음으로 일식집으로 들어섰다. 여자가 들어가는 것을 바라보던 병희가 말했다.

"미팅 때문에. 여기가 부산 일식집 중에선 그래도 사시미로 넘버 원이잖아?"

"이래 비싼 데서? 혹시 공사? 소스 좀 주이소. 같이 묵고 살구로."

"수고해. 난 바빠서 이만."

병희는 지갑에서 수표 한 장을 꺼내 종수의 가슴께로 푹 찔러 넣고는 문을 향해 천천히 걸어갔다. 종수는 몇 해 전에 비해 몰라보게 세련된 모습이 된 병희의 뒤태를 한참 동안 바라보고 서 있었다.

"아, 암만 사기꾼이라도 서울말 쓰니까 신뢰가 딱 간다 아이가?"

종수는 입맛을 다시며 닦고 있던 차로 돌아갔다. 신발을 닦던 조무래기들이 궁금한 듯한 눈길로 종수를 바라보았다.

"뭘 보니? 구두 다 닦았어? 물광, 불광 확실히 냈니?"

종수는 어색한 서울말로 조무래기들을 다그쳤다. 구두를 닦고 있던 조무래기 한 명이 피식 웃음을 터뜨렸다. 종수는 빙글빙글 웃으며 조무래기의 머리를 한 대 쥐어박았다.

2

참치 하역장, 인부들이 쉬는 휴게실 한구석에 놓인 낡은 소파에 앉은 순이는 사탕을 빨고 있었다. 강철은 순이를 힐끔 보고는 하역 데크 쪽으로 향했다. 크레인에 묶여 운반석에서 올라오고 있는 참치 더미들이 보였다. 해도 해도 끝이 없는 일이었다. '이 세상에는 얼마나 많은 참치가 살고 있는 걸까?' 강철은 한숨을 크게 내쉬었다. 강철은 들고 있던 고무장갑을 끼고 분주하게 움직이는 다른 인부들 틈에 섞여 분류 작업을 시작했다. 하역 데크 끝 저울 앞에서 상곤과 휘곤이 참치 더미를 바라보고 서 있었다.

"야가미만 오사카로 갔단다. 아기토가 남은 이유가 뭐겠노? 숙일 때는 확실하게 숙이주라. 설사 그기 쇼라고 해도. 알겠나?"

상곤이 말했다. 휘곤은 내키지 않았지만 고개를 끄덕였다. 형이 지옥에 가라고 하면 휘곤은 가는 시늉이라도 할 사람이었다. 그만큼 휘곤은 상곤에게 모든 것을 의지하고 살았다. 상곤은 담배를 꺼내 물고 휘곤을 바라보았다. 휘곤도 담배를 꺼내 자신의 불을 붙이고 형의 담배에도 불을 붙여줬다. 둘은 천천히 담배 연기를 내뿜으며 참치가 옮겨지는 것을 보고 있었다. 그때 갑자기 "철컹!" 커다란 소리가 나더니 크레인에 매달려 이동하던 참치가 휘청거리며 크레인에서 좌우로 심하게 움직였다.

"어? 어?"

인부들 틈에서 참치 분류를 하던 강철이 크레인이 이상한 것을 발견하고 소리쳤다. 참치가 데크 위 철제 구조물에 부딪히더니 줄이 툭 끊어져 버렸다. 인부들과 상곤 형제의 시선이 일제히 허공으로 향했다. 크레인에 매달려 있던 참치들이 데크 중앙으로 우르르 쏟아져 내렸다. 쿵! 쿵! 쿵! 사방으로 참치들이 튕겨 나갔다. 수백 킬로그램은 족히 넘는 냉동 참치들이 철제 구조물을 부러뜨리며 와르르 사방으로 쏟아졌다. 상곤과 휘곤은 순간 꼼짝도 할 수 없었다. 거대한 참치 한 마리가 빙그르르 회전하며 형제를 덮쳐왔다. 그때였다. 어디선가 강철이 전속력으로 달려와 두 형제의 몸을 밀쳤고 세 사람은 한데 엉켜 옆으로 쓰러졌다. 엎어진 세 사람 위로 참치가 헬리콥터 프로펠러처럼 회전하며 휙 지나가 바닥으로 처박혔다. "쾅!" 하는 소리와 함께 데크 전체가 부르르 떨렸다. 순간의 정적, 셋은 아무런 말도 하지 못하고 가쁜 숨만 내쉬었다. 강철이 일어나 몸을 툭툭 털었다.

"괜찮습니까?"

상곤과 휘곤은 바닥에 엎드려 꼼짝도 하지 못했다. 간신히 정신을 차린 상곤이 목소리가 나는 쪽으로 고개를 돌렸다. 희미하게 강철이 보였다. 상곤이 겨우 자리에서 일어났다. 휘곤은 여전히 넋이 나간 표정이었다.

"니 이름이 뭐꼬?"

상곤의 물음에 강철은 대답을 하지 않았다. 순간 손 하나가 불쑥 끼어들어 명함을 낚아챘다. 순이였다.

"내는 김태희다."

순이는 명함을 받아 주머니에 넣고는 상곤의 볼을 톡톡 건드렸다. 그러고는 이내 강철의 손을 잡고 계단을 내려갔다. 상곤은 잠깐 동안 일어난 일들이 마치 꿈처럼 느껴졌다. 그는 황당한 듯 볼을 만졌다.

"가봐라, 아기토한테."

상곤이 가볍게 웃으며 휘곤을 바라보았다. 휘곤은 아직도 멍한 표정으로 고개를 끄덕였다.

3

장어집은 비교적 한산했다. 아기토는 입맛을 다시며 장어집 주인이 쟁반에 담아온 장어를 바라보았다. 장어는 살아 있었다. 주인은 송곳으로 장어의 대가리를 꽂아 껍질을 벗기기 시작했다. 핏줄이 도는 장어의 생살은 아직도 꿈틀거렸다. 아기토는 침을 꿀꺽 삼켰다.

"난 이 부분이 제일 좋아."

펄떡펄떡 장어가 요동치기 시작했다. 주인은 아랑곳하지 않고 장어의 껍질 나머지를 마저 벗겼다.

"내가 짐승이 된 기분이야. 저렇게 살아 있는 걸 바로 먹을 때는."

아기토가 사이다 잔에 소주를 가득 채우며 말했다. 그의 뒤에는 보디가드가 정자세를 취하고 서 있었다. 주인은 껍질 벗긴 장어를 양념에 비벼 연탄불에 얹었다. 하얀 연기가 피어오르며 꿈틀대던 장어가 이내 움직임을 멈췄다. 아기토는 장어가 익기도 전에 게걸스럽게 먹기 시작했다.

"오라는 놈은 안 오고, 날 완전 홍어 좆 취급한다 이거지?"

아기토는 입안 가득 장어를 씹다가 다시 상추 한 장에 장어를 얹고는 말했다. 맞은편에서 휘곤과 폴로, 아디다스, 츄리닝 그리고 종수가 그 모습을 보고 있었다. 휘곤은 아기토의 말에 고개를 조아렸다. 아키토는 입이 터질 듯 큰 쌈을 입에 넣고는 사이다 잔에 소주를 가득 부어 벌컥벌컥 마셨다.

"홍어 좆으로 보는 거지?"

"가네모토 상 죄, 죄송합니다. 드릴 말씀이 없습니다."

아기토는 입에 있던 장어를 삼키고 나서 손에 들고 있던 사이다 잔을 휘곤의 머리에 갖다 댔다. 아기토는 휘곤의 잔을 빙글빙글 돌리더니 그대로 손에 힘을 줬다. 잔이 '퍽' 깨지고 휘곤의 얼굴이 일그러졌다. 뒤에 있던 종수가 움찔했다. 휘곤의 머리에서 피가 주르륵 흘렀다. 아기토는 아무렇지 않은 듯 자신의 손에 흐르는 피를 물수건으로 닦았다. 그리고 불판 위에 있는 장어를 집어 입속에 넣었다. 보디가드가 새로운 사이다 잔에 술을 가득 따르자 아기토는 잔을 들어 한 번에 다 비웠다.

"죄, 죄, 죄, 죄송합니다."

커다란 생선이 그려진 얼음 공장의 외벽을 따라 인적이 드문 부두로 난 길을 보디가드의 부축을 받은 아기토가 걸어왔다. 아기토는 비틀거리며 영도 쪽을 보고 섰다. 뒤따라 걷던 휘곤의 무리가 걸음을 멈췄다. 휘곤은 겨우 지혈된 자신의 머리를 만지며 아기토를 바라보았다.

"저 쪽바리 새끼 매너가 아리가또네."

휘곤의 얼굴이 일그러졌다. 그는 성큼성큼 아기토를 향해 걸었다. 옆에 있던 폴로가 그를 제지했지만 휘곤은 강하게 뿌리치며 오히려 걸음을 서둘렀다. 폴로는 그런 휘곤을 보다가 뒷주머니에서 칼을 꺼내 소매에 숨기고 휘곤의 뒤를 따랐다.

"가네모토 상, 죄송합니다."

휘곤이 아기토를 보며 고개를 숙였다. 아기토는 휘곤을 보고 서 있다가 정박한 배의 홋줄에 걸터앉았다.

"쇼하지 마라, 이 깡패 새끼야."

휘곤은 무릎을 꿇었다. 뒤에 서 있던 그의 무리도 함께 무릎을 꿇었다. 아기토가 아무런 말도 하지 않자, 휘곤이 무릎으로 기어가 아기토의 구두에 머리를 붙이고 조아렸다.

"가, 가네모토 상, 죄, 죄송합니다."

아기토는 자신의 발 아래쪽을 무표정하게 보다가 피식 웃었다. 그러고는 발로 휘곤의 머리를 툭툭 쳤다. 옆에 서 있던 보디가드가 그 모습을 보며 실실 웃었다.

"족보도 없는 새끼들을 돈 대서 키워놨더니 감히 나한테 개긴다? 거기다 이자를 반으로 줄여달라? 죽을 날 받아놓은 줄 모르는구나."

아키토는 점점 더 세게 휘곤의 머리를 찼다. 그러다가 분이 풀리지 않는지 손으로 휘곤의 머리를 때리기 시작했다.

"니 형 오라고 해. 이 쓰레기 같은 새끼야. 와서 무릎 꿇고 싹싹 빌면 실려는 줄게. 아니면 닌 오늘 내 손에 죽는다. 니 형한테 빨리 전화해서 올며 매달리라고 해. 빨리, 이 깡패 새끼야."

머리를 맞던 휘곤이 아기토의 발목을 움켜쥐었다. 아기토는 생각지도 못한 감촉에 놀라며 발을 빼려고 했다. 휘곤이 고개를 들어 아기토와 시선을 맞췄다. 휙, 하고 휘곤의 손이 아기토 발을 지나갔다. 아기토는 벌에 쏘인 것 같은 뾰족한 통증을 느꼈다.

"마, 니, 니 배는 카, 칼 안 들어가나?"

아기토는 휘곤의 말을 이해하려고 노력했지만 알아들을 수 없었다. 발에서 느껴지는 통증이 더욱 강해지는 것을 느꼈다. 통증이 온몸을 휘감고 전해지자 그는 그제서야 자신의 발에 꽂힌 잭나이프를 발견했다. 아기토는 "악!" 소리를 지르며 발을 부여잡고 바닥을 뒹굴었다. 휘곤이 벌떡 일어났다. 종수가 깜짝 놀라며 그 모습을 바라보았다. 보디가드가 재빨리 총을 꺼냈지만 휘곤의 칼이 보디가드의 손을 먼저 지나갔다. 총이 바닥으로 툭 떨어졌다.

"뭐해? 이 새끼들아!"

엎드려 있던 폴로가 벌떡 일어나 소매에 감췄던 칼을 꺼냈다. 무릎을 꿇고 있던 무리들이 일제히 사시미 칼을 꺼내고 달려들었다. 종수도 엉겁결에 그들과 함께 일어났지만 어쩔 줄 모르고 칼을 든 채로 멀뚱히 그들을 바라보았다. 츄리닝과 아디다스가 칼을 번뜩이며 보디가드에게 달려들었다. 휘곤이 바닥에 떨어진 총을 주워 들었다. 아기토는 벌떡 일어나 오른쪽 다리를 절며 어시장 공판장 쪽으로 도망치기 시작했다. 휘곤이 총을 버리고 뛰어가 아기토를 덮쳤다. 쌓아놓은 생선 상자 위로 아기토와 휘곤이 함께 쓰러졌다. 폴로는 휘곤이 버린 총을 주워 재빨리 바다에 던졌다. 츄리닝과 아디다스가 보디가드를 철망에 처박아놓고 쓰러진 그의 배를 사시미 칼로 연신 쑤셔댔다. 종수는 덜덜 떨며 곁에 서서 구경만 했다.

"워메 징한 새끼들, 그만 담그고 빨리 차 갖고 와야?"

폴로는 얼빠진 모습으로 서 있는 종수의 뒤통수를 한 대 갈겼다.

"정신 안 차리냐? 언능 차 갖고 오라니께!"

머리를 맞자 종수는 얼음물이라도 끼얹은 듯 정신이 돌아왔다. 그는 황급히 달려 어둠 속으로 사라졌다. 휘곤은 어판장 바닥에 깔린 오징어 위에서 쓰러진 아기토의 얼굴에 계속 주먹질을 해댔다. 주먹이 지나갈 때마다 아기토의 턱이 돌아갔고, 피가 사방으로 튀었다. 아기토는 이미 정신을 잃었다. 하지만 분이 풀리지 않은 휘곤은 바닥에 있는 오징어를 집어 아기토의 머리를 때렸다.

"우, 우리 행님이, 니 같은 때, 때끼 만날 마, 만큼 하, 하 한가한 분이 아이다."

"형님, 그 정도면 됐습니다."

휘곤의 뒤로 다가온 폴로가 그를 말렸다. 그 와중에 종수는 가쁜 숨을 몰아쉬며 주차된 차 앞에 멈췄다. 종수는 생각나는 욕이란 욕은 전부 내뱉으며 자동차 리모컨 키를 눌렀지만 차는 꿈쩍도 하지 않았다.

"종수가?"

강철이었다. 그는 자동차 너머로 리어카 바퀴에 열쇠를 채우던 도중이었다. 종수의 머릿속이 갑자기 복잡해졌다. 휘곤도, 상곤도, 행동대장 격인 폴로도 조직원들 이외에 다른 목격자가 사건 현장에 있는 걸 달가워하지 않을 걸 알고 있었기 때문이다. 잘못하면 강철의 목숨이 위태로울 수도 있다는 생각이 퍼뜩 스쳤다. 이대로라면 조직원들이 강철을 발견하는 것은 시간문제였다. 만약 발견된다면 일은 훨씬 커질 것이 불을 보듯 뻔했다. 종수는 얼른 강철을 리어카 쪽으로 밀었다. 그리고 황당해 하는 강철을 향해 조용히 하라는 몸짓을 보냈다.

"서둘러. 새끼들아, 언능."

가까이에서 폴로가 재촉하는 소리가 들렸다. 종수는 강철에게 다시 한 번 조용히 있으라고 당부하고 얼른 차를 빼서 무리로 향했다. 강철은 무슨 일인지 궁금했지만, 종수의 표정이 워낙 다급했기에 그의 말대로 할 수밖에 없었다. 차문이 닫히고, 분주하게 뭔가를 옮기는 소리가 가까이에서 들렸다. 강철의 눈앞으로 종수가 몰고 갔던 차가 재빠르게 지나갔다. 운전을 하고 있는 사람은 종수가 아니었다. 운전석의 앉은 남자가 차를 몰고 지나가며 강철 쪽을 응시했다. 강철은 본능적으로 몸을 낮췄지만 강철의 몸에 닿은 리어카 바퀴가 핑그르르 돌았다. 차는 빠르게 북항 5부두 쪽으로 향해 가고 있었다. 맞은편에 승용차가 보이자 운전자는 서서히 속력을 낮췄다. 그들이 탄 차가 멈추자 맞은편에 서 있던 차에서 상곤이 내렸다. 그는 우산을 펼쳐 들고 오른쪽에 있는 커다란 곡물 저장고를 살피며 다가왔다. 운전석에 앉아 있던 폴로는 상곤을 발견하고 재빨리 차에서 내려 인사를 했다. 곧이어 얼빠진 표정의 휘곤도 조수석 문을 열고 나왔다. 츄리닝과 종수, 아디다스도 얼른 내려서 상곤에게 인사를 건네고 우산을 펴 휘곤에게 받쳤다.

"개, 개때끼가 내, 내는 괜찮은데. 니, 니를 툐, 통으로, 사, 사시미를."

휘곤의 말도 끝나기 전에 상곤은 그의 뺨을 짝, 짝, 짝 세 번 갈겼다.

"정신 챙기라. 겁 묵지 말고. 아기토는?"

휘곤이 고개를 끄덕이며 트렁크 쪽으로 향했다. 그가 트렁크를 열자 피를 흘리며 엉망으로 구겨진 보디가드가 보였다. 상곤이 그를 보는 동안에도 몸에 난 구멍에서는 피가 뿜어져 나왔다. 상곤이 한숨을 쉬며 보디가드를 뒤집으니, 아기토가 숨을 쿨럭이며 상곤을 노려보고 있었나. 상곤은 숨을 헐떡이며 사신을 노려보는 아기토를 물끄러미 바라보다가 장갑을 끼고 트렁크 뚜껑 안쪽에 부착된 삽을 떼어냈다. "퍽, 퍽, 퍽!" 상곤은 아기토의 머리가 뭉개질 때까지 내려쳤다. 무표정한 상곤의 얼굴로 아기토의 피가 뿌려졌다. 아기토의 숨이 완전히 끊어지자 상곤은 들고 있던 삽을 트렁크에 휙 던지고 문을 쾅 닫았다.

종수를 비롯한 다른 무리들이 공판장 바닥에 흥건한 피를 청소하는 동안 상곤과 휘곤 형제는 아기토가 실린 차 앞에서 담배를 나눠 피웠다. 상곤이 내민 담배를 받은 휘곤의 손이 덜덜 떨렸다.

"우따디? 듀, 듀근 거 알모 야, 야가미가 가만 안, 안 있을 끼, 낀데?"

"더듬지 마라."

"어, 어, 어?"

"더듬지 말라고, 더듬지 마, 더듬지 말라고!"

상곤이 들고 있던 담배를 던지고 휘곤의 얼굴로 주먹을 날렸다. 휘곤은 겁에 질려 몸을 숙였다. 상곤은 그런 휘곤을 향해 계속 주먹을 날렸다.

"내가 성질 죽이라 켔제? 어? 사고를 쳤으믄 대차게 나가든가? 동생들 앞에서 쪽팔리게 쫄기는 뭐한다고 쪼노?"

상곤은 울먹이며 떨고 있는 휘곤을 보고는 때리는 것을 멈췄다. 휘곤의 볼에서 눈물이 흘러내렸다. 휘곤은 애처롭게 상곤을 바라보았다.

"누, 누가, 보, 본 것 같다."

상곤의 미간이 꿈틀거렸다. 상곤은 울먹이는 휘곤의 미간을 한참 동안 응시했다.

"에이 씨팔 스크래치 났네. 흉 생기는 거 아이가?"

상곤은 흘러내리는 휘곤의 눈물을 닦아주었다. 상곤은 애처롭게 휘곤을 바라보다가 그의 얼굴에 난 상처를 손으로 보듬었다. 형제의 삶이 여전히 진행되고 있는 북항 5부두를 거센 비가 적셨다. 형제는 한참 동안 말없이 우산 너머로 떨어지는 빗방울을 바라보았다. 바닥에 있던 쓰레기들이 빗물에 밀려 바다로 떠내려갔다. 상곤은 휘곤의 어깨를 감쌌다. 바다가 높은 파고를 그리며 멀어졌다가 다시 다가오는 것을 형제는 도리 없이 지켜보기만 했다. 비는 점점 더 세차게 내렸다.

파도와 배 그리고 겨울

1

간밤, 온 세상을 부술 듯 내리던 비는 오전이 되자마자 거짓말처럼 그쳤다. 비가 내리는 동안 누군가는 세상을 떠났고, 살아남은 누군가는 인생의 다른 국면을 맞이하게 될 것이다.

순이는 거실 소파 위에서 잠든 강철의 머리를 정성스레 쓰다듬었다. 그녀의 눈길은 사랑으로 가득했고, 그녀의 입은 옅은 미소를 품고 있었다. 순이는 한동안 그렇게 잠든 강철의 머리를 쓰다듬다가 일어나 조용히 방으로 들어갔다.

종수는 거울 앞에 서서 눈앞에 비친 자신의 얼굴을 물끄러미 보았다. 지난밤 종수는 인생 최초의 경험을 했다. 펄펄 살아 있던 누군가가 자신 앞에서 머리가 뭉개지고 피를 철철 흘리며 죽어갔다.

애초에 상곤처럼 되겠다고 결심했을 때 사실 종수는 인간이 그렇게까지 악한 일을 할 수 있을 것이라고 생각하지 못했다. 하지만 지난밤에 종수의 눈에 비친 인간들은 굶주린 짐승 같았다. 종수는 아키토의 머리를 쪼개면서도 담담하던 상곤의 표정과 보디가드의 배에 부지런히 칼을 꽂던 남자들의 섬뜩한 표정을 지워내려고 노력했다. 하지만 뜻대로 되지 않았다. 눈을 감을 때마다 죽어간 사람들의 희번덕거리던 눈과 코끝에 남아 있는 피 냄새가 느껴졌다.

"뭐한다고 새벽에 기 들어왔노? 철이가 한참 기다리다 갔다."

뒤에서 아버지, 환규가 밥상을 차리면서 말했다. 철이, 강철이. 종수는 번뜩 자신과 같은 현장에 철이가 있었다는 생각을 떠올렸다. 휘곤이 그를 봤을까? 종수는 깁스에 있는 핏자국을 애써 감추며 생각했다. 강철이 위험해지는 끔찍한 상상이 떠올랐다. 그가 세차게 머리를 흔들자, 종수 아버지는 그런 종수를 이상하게 쳐다보았다.

"그 애가 돈 때문에 애가 닳더라. 니도 좀 알아봐라."

"일이백도 아이고 억이 넘는데 우째 빌리노? 턱도 없다."

종수가 자리에 앉자 환규는 종수의 깁스를 붙잡고 행주로 핏자국을 닦았다.

"걱정이네. 내는 건강하니까 아들 니는 걱정 안 해도 된다."

환규가 계속 닦았지만 핏자국은 오히려 더 선명해지는 것 같았다. 종수는 얼른 깁스를 등 뒤로 감추고 짜증난 얼굴로 식탁에서 일어났다.

"밥 묵고 나가라. 비역국 끓있는네? 너무너무 맛있나!"

"맛있기는. 맛없다. 미원이라도 좀 사다가 넣든가."

환규는 종수가 나가는 것을 물끄러미 바라만 보고 앉아 있다가 달력에 쳐진 동그라미에 다시 진하게 덧칠을 했다.

"우리 종수 다 컸네. 지 생일도 까묵고."

수지는 선명한 아침 풍경이 보이는 테라스에 앉아 그동안 찍은 사진을 정리하고 있었다. 사진을 여러 장 넘기다가 굴뚝에 매달린 강철과 순이의 사진을 보더니 피식 웃었다.

"오늘은 어디 안 나가나?"

주인이 비디오테이프가 가득 담긴 박스를 테이블에 올렸다.

"뭐하세요?"

주인은 박스에서 테이프들을 꺼내 닦았다.

"모텔 할 때 손님들 보라고 모은 건데 버리기 아까바서."

수지는 박스를 뒤적거리다가 〈저수지의 개들〉이라는 비디오를 집어 들었다. 수지는 펜으로 〈조수지의 개들〉로 고쳐 썼다. 창밖에 펼쳐진 바다를 따분하게 바라보다 말고 수지가 말했다.

"혹시 나 찾아온 사람 없었어요?"

주인은 비디오테이프들을 닦으며 고개를 저었다. 수지는 다시 창으로 시선을 돌렸다. 멀리 일렁이는 바다 위에 미동도 없이 떠 있는 배를 바라보며 강철의 노래를 생각했다. 배, 바다 위에 떠 있는 배. 육지에서는 너무나 평온해 보이지만 정작 그 안에서는 파도와 사투를 벌이고 있을지도 모르는 배. 수지는 강철의 노래가 꼭 그렇다고 생각했다. 그녀의 시선이 오랫동안 배를 향해 머물렀다.

"어?"

수지가 자리에서 벌떡 일어났다. 순이가 해안도로를 따라 터벅터벅 걸어가고 있었기 때문이었다.

2

파출소 문이 활짝 열리더니 강철이 환하게 웃으며 들어왔다.

"안녕하십니까, 소장님! 이거 번번이 폐만 끼치고 죄송합니다. 요새, 제철인 붕어빵 좀 드시고 일하시지예."

강철은 느물느물 살갑게 웃으며 서장에게 인사를 건넸다. 그러나 강철의 행동과는 달리 파출소 내부는 썰렁할 정도로 고요했다. 경찰들의 시선이 일제히 강철에게 꽂혔다. 파출소장이 코를 막고 강철이 내민 봉투를 받았다.

84

"서울 아가씨, 보호자 왔으니까 가보이소."

파출소장이 고개를 돌려 소파를 가리켰다. 순이기 수지 옆에 앉아 있었다. 순이는 멍한 표정으로 바닥만 바라보고 있었다. 수지가 겸연쩍은 표정으로 자리에서 일어나 강철에게로 다가왔다. 그녀는 순이를 의식하는지 약간 머뭇거리더니 조심스럽게 말문을 열었다.

"저기 지금 아주머니가 문제가 좀 있으셔."

강철이 대꾸를 않고 조용하라는 듯 입술에 손을 가져다 댔다. 수지가 고개를 끄덕였다.

"순이 씨. 아들 왔다!"

강철이 천천히 순이에게 다가갔다. 강철은 소파 아래 바닥에 가늘게 흘러내린 물줄기를 발견하고는 정수기 옆 물받이 통을 툭 찼다. "탁" 소리를 내며 바닥으로 쓰러진 물받이 통에서 물이 쏟아져 나왔다.

"아이고 죄송합니다. 물을 쏟았네. 퍼뜩 닦을께예."

강철은 테이블 위 휴지로 바닥을 훔쳤다. 경찰들이 하던 일을 멈추고 강철을 바라보았다. 수지도 할 말을 잃고 강철의 쪼그리고 앉은 등을 물끄러미 쳐다보았다. 강철은 휘파람을 불어 가면서 열심히 바닥을 닦았다. 자리에 앉아 있던 경찰들 사이에서 탄식에 가까운 한숨 소리가 터져 나왔고, 그걸 지켜보던 파출소장이 안타까운 듯 혀를 차며 파출소 밖으로 나갔다. 수지는 돕고 싶은 마음이 굴뚝같았지만 몸이 선뜻 움직여지지 않았다.

"안 되는데."

"응? 엄마, 뭐?"

"이래 살면 안 되는데."

강철은 순간 걸레질을 멈추고 순이를 올려다봤다. 순이는 정신이 돌아온 것도 같고 아닌 것도 같은 얼굴로 강철을 내려다보고 있었다. 순이의 입술이 바람을 맞는 겨울나무처럼 파르르 떨렸다. 강철은 입술을 깨물며 순이와 눈을 맞췄다.

"자식 얼굴에 똥칠하고… 안 되는데."

순이의 말에 강철은 잠시 고개를 떨구었다가 다시 휘파람을 불며 걸레질을 시작했다.

"시원했나? 안 나와가 고생했잖아."

순이가 걸레질을 하고 있는 강철의 손을 꼭 잡았다. 강철은 순이를 향해 웃었다. 정적이 흘렀다. 파출소 안에 있는 누구도 어떤 말도 하지 않았다. 방파제에서 평온하게 일렁이는 바다를 지켜보듯 묵묵히 그들을 바라보고 있을 뿐이었다. 수지는 강철과 순이를 보고 있자니 멀미가 나는 것처럼 마음이 울렁였다.

"하지 마라. 더럽다."

강철은 무심하게 다시 걸레질을 시작했다.

"철아."

강철은 대답하지 않았다. 그저 걸레를 좀 더 세게 움켜쥘 뿐, 어떤 말도 하지 않았다. 순이의 병도 걸레로 닦아 없앨 수 있다면, 강철은 자신에게 남은 시간 전부를 걸레질에 투자할 수도 있을 것 같았다.

"철아."

강철은 그저 바닥만 닦았다. 어서 자기 엄마가 아프다는 증거를 없애고 싶은 생각뿐이었다. 순이는 그런 강철을 애처롭게 바라보았다. 그녀는 가끔 정신이 돌아오는 그 순간이 끔찍했다. 살고 있는 자체가 죄짓는 기분이었다. 길을 걷다가, 거실에 있다가, 강철이 일하는 작업장에 있는 동안, 문득문득 정신이 돌아와 자신이 저질러놓은 것을 볼 때면 미안해서 견딜 수가 없었다. 할 수만 있다면 자신이 강철에게 지운 짐을 조금이라도 덜어주고 싶었지만 그녀에게는 그럴 힘이 없었다. 언젠가부터 스스로를 자꾸만 놓쳤다. 순이는 웅크려 있는 아들의 등과 부지런히 걸레질을 하고 있는 손을 보자, 자신이 견딜 수 없이 미웠다.

"미안하다."

"진짜 미안하면 미안하다 말하기 없기."

강철이 걸레를 놓고 순이의 귀에 입을 바짝 붙여 작게 말했다. 순이의 무표정한 얼굴에서 눈물이 후드득 떨어졌다.

"아들."

"와?"

"내가 꼭 니 신세 갚고 죽을 끼다."

강철은 순이를 꼭 안았다.

"당연하지. 안 갚기만 해봐라. 가자."

그는 순이의 손을 꼭 잡고 파출소 문을 향해 걸었다. 모두들 바라보는 시선을 강철은 느꼈다. 수지도 자신을 보고 있다는 것을 강철은 온몸으로 느꼈다. 바깥으로 함께 나가려던 순이가 걸음을 멈추더니 수지에게 다가갔다. 수지의 손을 잡은 순이는 그녀의 손에 사탕을 몇 개 올려놨다.

"고마워요."

수지는 자신의 손 위에 놓인 사탕 몇 개를 꼭 쥐었다. 모자는 조용히 파출소를 빠져나갔다. 쥐죽은 듯한 정적만이 파출소를 가득 채웠다.

3

휘곤은 자신의 발아래 깔린 불빛들을 감상했다. 상곤은 그런 휘곤을 위해 스테이크를 썰어 접시에 놓아주었다. 해운대 파라다

이스 호텔 라운지 레스토랑. 호텔 레스토랑을 한 번도 접해보지 못하던 시절, 형제의 삶에는 악밖에 없었다. 여유라고는 쌀 한 톨만큼도 없는 날들의 연속이었다. 늘 조금이라도 누군가를 밟고 올라설 생각뿐이었다. 자신들이 저지르는 일이 선인지 악인지 묻는 고민 같은 건 사치였다. 그때 형제는 드높이 솟은 호텔을 바라보며 저 높은 곳에는 과연 어떤 사람들이 살고 있을까 생각했다. 이제 도시의 불빛을 발아래 깔아놓고 예전 두 사람의 한 달치 생활비와 맞먹는 값의 밥을 먹을 수 있게 되었지만, 그들에게 여유는 생기지 않았다.

"곤아, 이 호텔 어땠노? 괜찮나?"

"응. 목도 좋고 건물도 깨끗한 기 괜찮아 보이더라."

휘곤이 풀죽은 목소리로 말했다.

"두고 봐라. 이거 내가 꼭 인수해서 보란 듯이 살 끼다. 옥상에 쪼맨한 수영장도 있더라."

휘곤의 얼굴이 밝아졌다.

"진짜가? 우리 어렸을 때 수영장 있는 집에 사는 기 소원이었는데."

"쫄지 마라. 그동안 이자 내는 기 아까바 죽을 거 같았는데. 이 참에 내가 다 묵지 뭐. 니는 고기 묵고."

상곤이 휘곤의 접시를 가리키며 말했다. 휘곤은 접시에 담긴 특선 안심 스테이크 포크로 찍어 입속에 넣었다. 덜 익은 고기에서 나는 비릿한 피 냄새가 입안을 감돌았다.

"야가미도 걱정이지만 내는 그, 그때 내랑 마주친 목격자가 더 걱정이다."

휘곤이 포크를 내려놓았다.

"니 무슨 소리 하노? 그날 니는 집에서 야구 보고 있었잖아. 아이가? 내는 그래 아는데?"

그 시각, 지방 국도에서 폴로와 종수는 휘곤의 검정색 세단에 휘발유를 붓고 있었다. 운전석에는 보디가드가 앉아 있었다. 아디다스와 츄리닝은 아기토의 주검을 뒷좌석으로 구겨 넣었다. 넷은 온힘을 다해 차를 언덕 위로 밀었다. 하나, 둘, 하나, 둘, 넷은 기합을 넣어가면서 끙끙거리며 차를 밀었다. 세단이 정상에 오르자 넷은 힘껏 내리막길로 차를 굴렸다. 차는 천천히 언덕을 굴러 내려가더니 낭떠러지 아래로 굴러 떨어졌다. "펑" 하고 소리가 나면서 불길이 치솟았다.

"휴대폰으로 말고 공중전화로 신고해라."

폴로가 아디다스에게 말했다. 종수는 온몸에 닭살이 돋았다. 그는 멍하게 언덕 아래를 바라보았다. 불길이 활활 타오르다 또 한 번 크게 "펑!" 소리가 나며 폭발했다.

"아, 맞다. 내는 그날 야구 보고 있었다. 맞제?"

생각에 잠긴 상곤을 향해 휘곤이 흥분해서 말했다.

"맞다. 니는 야구 보고 있었다."

"행님아, 내는 니가 매일 이렇게 다정했으면 좋겠다."

"얼른 묵으라. 생일 축하한다."

상곤은 주머니에서 포르쉐 자동차 키를 꺼내 휘곤 앞에 놓았다. 포르쉐 911. 휘곤이 사춘기 때부터 갖고 싶어 하던 차였다. 한 단계씩, 꿈꾸던 것을 향해 다가가는 것 같다는 생각에 상곤은 기분이 좋아졌다.

4

"수술이야 쉽지. 그 다음이 문젠 거, 니도 알잖아?"

대걸레로 복도를 닦으며 청소부가 말했다. 강철은 그 뒤에 서서 그녀의 뒷모습을 바라보았다. 그는 자판기 커피를 양손에 든 채 이리저리 왔다 갔다 하던 청소부가 옆에 앉기를 기다렸다. 여자가 땀을 닦으며 다가와 강철 옆에 살며시 앉으며 주변을 살피더니 그의 손에 있는 커피를 받았다. 브로커였다. 장기 밀매로 사회가 시끄러워지자 병원에서는 브로커 일제 단속기간을 늘렸고, 단속도 훨씬 강화되는 바람에 그녀도 죽을 둥 살 둥 단속원들의 눈길을 피하고 있는 중이었다.

"직계 가족 콩팥을 이식해도 감염 생기는 게 허다한데 생돈을 와 쓸라고?"

브로커가 커피를 후룩후룩 마시며 말했다.

"그라모 그냥 죽게 내버려두라고? 남 일이라고 함부로 말하지 마소."

브로커는 고개를 끄덕이더니 생각에 잠겼다. 그녀는 잠시 주변을 살펴보고는 뒤춤에 끼워져 있던 봉투를 내밀었다.

"샘플 뜨니까 느그 엄마 포함해서 이식 가능한 사람이 세 명!"

강철의 얼굴이 환해졌다. 그가 흥분해서 봉투를 잡으려는데 브로커가 확 낚아챘다.

"쇼 미 더 머니. 돈 먼저 꽂는 사람이 임자다. 자신 있나?"

"내 참, 콩팥이 없어 못 했지 돈 없어 못 했나? 걱정 말고 수술 날짜나 잡아라."

강철은 쉼 없이 빙글빙글 돌아가는 투석기 앞에 앉아 침대에 누워 곤히 잠이 든 순이를 바라보고 있었다.

'현재의 고난은 점차 우리에게 나타날 영광과 족히 비교할 수 없도다.'

성경 구절 중에 강철이 가장 좋아하는 문구였다. 현재의 고난은 나중의 영광과 비교할 수도 없다. 강철의 입장에서는 현실을 부정하지 않고도 희망적인 미래를 꿈꾸게 할 수 있는 문장이었다. 교회에서 목사님 입을 통해 그 구절을 들었을 때만 해도 그는 고난이 정확이 어떤 것을 말하는지 몰랐다. 하지만 그는 이제 알고 있다. 오전에 부산은행에서 대출을 거절당했을 때, 환규를 통해 알아본 대출도 불가능하다는 사실을 전해 들었을 때, 강철은 지금 자신 앞에 펼쳐진 고난의 깊이가 쉽게 잴 수도 없을 만큼 깊다는 것을 알았다. 그렇다면 지금의 고난과 비교할 수 없을 정도의 영광은 언제 시작되는 것일까?

'안 되기는 누구 마음대로 안 되노? 엄마, 걱정 마라 내가 수술 꼭 시키줄 끼다.'

강철은 그 영광이 부디 순이를 살려줬으면 하는 마음으로 간절히 기도했다.

"철아, 그래도 착한 끝은 있다 카드라."

강철이 종수의 집을 나설 때 환규가 했던 말이다.

5

'재료 준비를 위해 5시까지 쉽니다.'

종수는 조그만 간이 박스에 쪼그리고 앉아 숫돌에 칼을 갈고 있었다. 바닥에는 몇 자루의 생선회 칼이 놓여 있었다. 칼이 배로 들어오면 어떤 기분일까? 종수는 칼을 손을 만져보다가 손끝을 살짝 찔러봤다. 날카로운 칼끝이 지나가자 피가 배어나왔다. 이런 게, 배에? 상상도 하기 싫은 순간이었다. 아기토와 보디가드를 처리하던 순간에 보디가드의 몸에 나 있던 구멍들이 떠오르자 소스라치게 소름이 돋았다. 종수는 손끝에 흐르는 피를 입으로 쪽 빨았다.

"피 같은 내 피."

종수의 전화기가 울렸다. 종수는 액정을 확인하고 난감해하며 전원을 꺼버렸다.

"거기 칼 가는 시다바리 있습니까?"

종수가 놀라 벌떡 일어났다.

"철아."

종수는 강철의 얼굴을 보자 그날 있었던 일들이 떠올랐다. 그는 바깥을 살피고 나서 강철을 조금 더 안쪽으로 이끌었다. 사건의 목격자라는 걸 들키는 순간, 강철은 안전하지 않기 때문이다.

"안 그래도 전화할라 캣는데. 요 앞 카페에서 기다리라."

"니 보러 온 거 아이다."

"뭔 소리고?"

강철은 구겨진 명함 한 장을 종수에게 내밀었다. 얼마 전 두 형제를 강철이 구해줬을 때 상곤이 준 명함이었다.

"일단 나가자."

종수는 주차장으로 강철을 이끌었다. 그때 두 사람 앞으로 포르쉐가 빠르게 다가와 멈췄다.

"씨발."

종수의 등줄기에 굵은 땀이 흘렀다. 휘곤의 차였다. 종수는 휘곤의 성격을 잘 알고 있었다. 물론 그의 눈썰미와 감각이 남다르다는 것도 알고 있었다. 차문을 열고 선글라스를 낀 휘곤이 내렸다. 종수는 휘곤에게 달려가 90도로 인사를 했다.

"나오셨습니까. 행님!"

휘곤은 종수에게 키를 맡기고도 후문으로 향하다가 멈칫하더니 강철 앞으로 성큼성큼 걸어왔다.

"새로 들어 왔나? 낯이 익은데?"

휘곤은 강철의 얼굴을 천천히 살폈다. 놀란 종수가 달려와 휘곤의 소매를 잡았다.

"애가, 좀 평범하게 생기가꼬, 어서 들어가 보이소."

휘곤이 신경질적으로 팔을 확 빼내더니 종수에게 얼굴을 들이댔다.

"이 새끼, 이기 어데다 손을? 마, 내가 우습나?"

휘곤은 벌레라도 묻은 듯 소매를 탁탁 털었다.

"그게 아니고 말입니다."

종수가 비굴하게 웃었다. 휘곤은 발로 종수의 가슴께를 찼다. 종수가 "윽!" 소리를 내며 휘곤의 포르쉐 옆에 처박혔다.

"아, 뽀르세, 내 뽀르세를. 이 때끼가 돌았나?"

휘곤은 종수를 이불 빨래하듯 자근자근 밟았다. 종수는 내내 강철이 도망가기를 바랐지만 강철의 얼굴은 점점 굳어갔다. 휘곤의 발길질은 쉬 멈추지 않았다. 휘곤은 종수가 빌어도 소용 없다는 듯 차와 종수를 번갈아 쳐다보며 종수를 두들겼다.

"이 때끼가 이기 무슨 찬데? 니 목숨보다 귀중한 기다. 이 때끼야."

"마!"

강철이 참다 못해 휘곤의 어깨를 잡아끌었다. 휘곤이 황당하다는 듯 강철을 아래위로 훑었다. 휘곤은 천천히 시계를 풀고 소매를 걷더니 피식 웃었다.

상곤은 창가에 서서 노을이 지는 것을 바라보고 있었다. 지금 잡았던 것, 한순간에 놓칠 수도 있는 위기가 코앞에 있었다. 아기 토가 죽은 이상 눈치 빠른 늙은 호랑이 야가미가 그 사실을 알게 되는 것은 식은 죽 먹기였다. 힘이 생겼다고 해도 야가미는 상곤이 상대하기에는 아직 벅찬 상대였다. 야가미는 마음만 먹으면 상곤이 일궈놓은 모든 것을 뿌리째 흔들어놓을 수 있는 힘이 있었다. 상곤의 전화기가 울렸다. 상곤은 심호흡을 하고 나서 받았다.

"예, 온천에 가신나고 한 뒤로는 연락이 없습니다. 알아볼까요?"

"됐어. 얼마 안 있으면 어머니 칠순인데. 어머니는 고향인 부산이 좋으신가봐."

"잔치는, 잔치는 저희가 준비를 하겠습니다."

"신세는 꼭 갚지."

"네."

전화가 뚝 끊겼다. 한 고비는 넘겼구나 싶어 상곤은 안도했다. 상곤은 조용히 휴대폰을 내렸다. '이제 어떻게 이 상황을 벗어나야 할까?' 야가미는 그동안 자신이 상대했던 누구보다 영민하고 누구보다 잔인한 사람이었다. 상곤은 눈을 감았다. 자신과 휘곤이 야가미의 조직원들에게 린치를 당하는 장면이 떠올랐다. 상곤이 얼른 고개를 흔들었다. 어떻게든 살아야 한다. 그는 다짐했다. 폴로가 노크를 하더니 방으로 들어왔다.

"뭐야?"

"휘곤이 형님이."

휘곤은 강철의 얼굴을 노려보고 있었다. 그러더니 그는 이내 천천히 알겠다는 표정을 지었다. 의미심장한 얼굴이었다. 종수는 긴장감 때문에 오줌이라도 쌀 것 같았다.

"아, 맞네."

휘곤은 천천히 차로 향하더니 트렁크에서 일본도를 꺼내 들었다.

"하늘이 내를 도우시네. 씨발 새끼야, 니 오늘 다 살았다."

휘곤은 옆에서 말이는 종수를 발로 걷어찼다. 바닥에 쓰러진 종수가 벌떡 일어나서 강철을 잡아끌었다.

"빨리 가라. 진짜 죽고 싶나? 빨리, 빨리 가라고!"

강철은 종수의 어깨를 손으로 확 밀치며 시야를 틔웠다. 휘곤이 일본도를 들고 강철 앞에 섰다.

"죽여봐라."

휘곤은 고개를 갸우뚱하더니 일본도를 뽑아 들었다. 그가 오른손에 힘을 주고 휘두르려는 찰나, 누군가 뒤에서 그를 꽉 안았다. 폴로였다. 휘곤은 고함을 치며 발버둥치다가 칼 손잡이로 얼굴을 때리며 강철에게 달려들었다. 순간, 상곤이 다가와 휘곤의 뺨을 후려쳤다.

"행님아, 절마, 와 말했다 아이가? 그때 아기토…"

상곤이 휘곤의 멱살을 와락 움켜쥐고 귀에다 입을 갖다 댔다.

"동네방네 광고할래?"

6

강철은 일식집에서 초밥을 민드는 조리사를 바라보고 있었다.

"사람들은 착각하고 있어. 살아 있는 생선은 바로 먹으면 맛이 없거든. 숙성을 해야 돼. 돈이라는 것도 그래. 신선하다고 얼른 먹으면 맛이 없어. 천천히 뒀다가 먹어야 맛있지."

상곤은 담배를 피우며 생선을 바라보고 있었다.

"이름이 뭐고?"

"강철입니다."

상곤은 회칼을 집어 생선의 배를 갈랐다. 강철은 상곤이 회칼로 생선살을 베는 것을 바라보았다. 생선의 대가리가 잘리고, 뼈가 분리되었다.

"무모한 기가, 아니면 대가 찬기가? 칼을 들고 있는 놈한테 덤비면 우짜노?"

상곤은 회 몇 점을 담아 강철에게 건네줬다. 생선은 이미 생선이 아니었다. 상곤은 이어 성게를 칼로 잘랐다. 뾰족한 가시 틈으로 누런 내장이 흘러내렸다.

"저, 부탁이 있습니다."

상곤은 절단된 성게에서 알을 긁어 앞접시에 담아 강철에게 내밀었다.

"고소한 기 아이스크림 같을 끼다. 일본말로는 우니, 우리말로는 성게."

강철의 배에서 꼬르륵 소리가 났다. 상곤이 그 소리를 듣고 자상하게 말했다.

"묵어라. 속에서 환장을 하네. 싸줄 끼니까 식구들하고 노나 묵고."

"그래도 먼저, 찾아온 이유부터 말씀을 드리겠습니다."

"니 돈몸살 하제?"

강철은 놀랐다. 그 모습을 보고 상곤이 씨익 웃었다.

"얼굴에 써 있네. 주야지, 큰 신세를 졌는데."

"꼭 갚겠습니다."

강철은 가시 돋친 성게를 물끄러미 봤다. 상곤은 사시미 칼로 다른 성게를 절단했다. 또각, 성게가 반으로 갈라졌다. 상곤은 만족한 듯 회칼을 내려놓고 성게의 내장을 파냈다.

"보면 볼수록 참 신기하단 말이야."

강철이 무슨 소리인가 하고 성게를 보았다. 상곤은 숟가락으로 성게 알을 입에 떠 넣고 눈을 감은 채 맛을 음미하고 있었다.

"겉은 가신데 속은 이래 부드럽고 달콤 안 하나."

상곤은 녹차를 한 모금 마시며 입을 헹궜다.

"남들이 우리 보고 양아치네, 말종이네 해도, 그건 성게처럼 겉만 봤지 속 모르고 하는 소리거든."

꼬기진 성게 속을 강철도 비리보았다. 강철은 딘딘한 가시 속에 들어 있는 누렇고 나약한 것들에 대해 생각했다.

"깡패치고 사연 없는 놈 없고 깡패치고 효자 아닌 놈 없다. 뼈 부러져가면서 부모 공양하고 칼침 맞으면서 식구들 먹여 살리는 기 깡패다. 건달? 말이 좋아 건달이지 그건 그냥 한량이다. 절박함이 없다 아이가?"

강철의 시선에서 복잡함이 비치자 상곤은 고삐를 더욱 조였다.

"절박해야 깡이 생기거든. 딱, 니 얼굴. 니 내한테 함 안 맡겨볼래?"

상곤과 강철의 눈이 마주쳤다. 정적이 감돌았다. 휘곤이 바깥에서 그들의 대화를 엿듣고 있었다.

7

방파제 끝, 강철과 종수는 오토바이를 세워두고 바다 앞에 선 두 사람을 보았다. 강철과 종수였다. 해운대의 백사장과 저 멀리 광안대교가 보였다. 파도가 치는 방파제 맞은편에는 빌딩 숲의 전경도 보였다. 칼로 재단한 듯 완벽하게 서 있는 빌딩들, 거울처럼 바다의 전경을 머금은 덩치 큰 짐승 같았다. 강철과 전혀 다른 부류의 사람이 사는 곳, 그 경계에서 종수와 강철은 어떤 위압감을 느꼈다. 강철은 상곤의 말이 계속 마음에 걸렸다.

"절박해야 깡이 생긴다…."

강철이 상곤이 한 말을 혼자 중얼거리는 사이, 바다를 바라보던 종수가 소리쳤다.

"봐라 죽이제? 내는 돈 벌면 해운대, 그것도 꼭 저 주상복합 빌딩에서 살 끼다. 걱정 마라. 니 꺼도 한 채 사주께. 그나저나 느그 엄마는?"

"병원에, 투석."

"큰행님이 돈은 빌리준다 카드나?"

"어, 그런데 안 받을라고."

"와?"

"깡패하란다."

"돈몸살 덜 했는갑제? 일단은 사람 목숨부터 살려야지."

강철은 종수의 말이 끝나기가 무섭게 종수의 뒤통수를 휘갈겼다. 종수는 어이없어 하며 살짝 짜증난 얼굴로 강철을 바라보았다.

"와 때리노?"

"몰라서 묻나?"

"어, 진짜 니는 내가 물로 보이나? 니가 학교 다닐 때는 통이었는지 몰라도 씨발, 내는 현역 건달이다. 오늘 고마, 아이 다이, 유 다이, 다이다이 함 뜨까?"

강철은 종수의 말이 끝나기도 전에 주먹을 쥐고 싸울 자세를 취했다.

"니가 이깄다. 사랑한다, 친구야. 와 그라노?"

종수는 머리를 긁적이더니 강철을 장난스럽게 안으며 볼에 뽀 뽀하는 시늉을 했다.

상곤은 생각에 잠겨 있었다. 강철의 눈빛, 자신과 겹치는 어떤 모습. 그는 휘곤과 함께 어린 시절을 보냈던 일을 추억했다. 휘곤 은 강철이 앉아 있던 자리에서 맛있게 성게 알을 퍼먹고 있었다.

"행님아, 니 또 성게 레퍼토리 풀었제? 요새 누가 그런 거 듣고 감동하나? 그리고 뭐한다고 살갑게 대해주노?"

휘곤이 자세를 고쳐 앉았다. 상곤은 휘곤에게 다른 성게를 쪼 개 내밀었다. 상곤은 자신과 휘곤 그리고 강철이 많이 닮았다는 생각을 했다.

"부두에서 글마가 내를 봤다니까. 내 눈썰미 하나는 기똥찬 거 모르나. 어차피 죽일 거 빨리 담그자. 오늘 담그지 뭐. 내가 알아 서 할게. 알았제?"

상곤은 순간 짜증이 치밀었다. 앞뒤 안 가리고 무조건 힘으로 밀어붙이려고만 하는 휘곤이 한심하게 느껴졌다. 동생이 이처럼 마음 내키는 대로만 하려고 하는 것도 자신이 너무 감싸고 돌기만 한 탓인 것 같아 더욱 부아가 났다.

"야 인마, 니는 순수한 기가? 아니면 무식한 기가?"

"와?"

"담그긴 뭘 담그노? 니 지금 김장하나? 사람 목숨이 배추가?"

상곤이 테이블을 내려치며 말했다. 순식간에 둘의 공간에 냉기가 감돌았다. 휘곤은 상곤의 눈치를 보며 남은 성게 알을 먹었다.

"와? 어제는 어, 억수로 다, 다정하드만, 내 생일인데."

"생일 지났다. 좋은 거만 쳐묵지 말고 생각도 좀 하고 살아라. 이 다정 좋아하는 새끼야."

상곤의 얼굴이 붉어졌다. 동생에 대한 미안함과 한심한 마음에 어쩔 줄 모르고 서 있다가 바깥으로 휙 나가버렸다. 휘곤은 상곤이 뚜벅뚜벅 걸어 나가는 것을 멍하니 보고 있다가 남은 성게 알을 꾸역꾸역 퍼먹었다.

"띠발 매, 맨스 하나. 와 내한테 지, 지랄이고."

강철과 종수는 해운대 누리마루 APEC 하우스 앞 주차장에 쪼그리고 앉아 있었다. 가끔 둘은 이곳에서 내밀한 이야기를 나누곤 했다. 주차장은 여름이 아니면 인적이 드물기도 했고, 종수가 특히 누리마루 건물을 좋아했기 때문이다. 가끔 강철은 그곳으로 종수를 불러내 서로 고민을 나누곤 했다. 종수는 바닥에 그려진 화살표 아래로 누군가가 써놓은 '내 꺼'라고 새겨진 글씨를 긁있다. 강철은 종수가 초조해한다는 것을 알 수 있었다.

"통영에서 굴양식장 하는 최 사장이라고 있다. 노름에 미치가꼬 큰행님 돈 빌렀다가 못 갚아가 손 좀 봐줬다."

"연장은?"

"아… 아킬레스건 끊었다. 경찰한테 분다 캐서 좀 시끄럽다. 부두에서 작은 행님이 니 봤는가보더라. 그래서 긴장 타는 기다. 내는 구경만 했다. 진짜다. 혹시 봤다고 말 안 했제?"

"종수야. 니, 사람 죽일 수 있나?"

"어?"

"이번엔 구경만 했다매? 그라모 다음엔 담가야 할 꺼 아이가? 더 쉽게 말해주까? 니 느그 아버지 담글 수 있나?"

종수가 벌떡 일어났다. 그의 얼굴은 한껏 상기되어 있었다.

"미쳤나?"

"부모 가슴에 매일 칼 꽂는 기 깡패라 하더라. 니 그럴 자신 있나?"

"그라모 평생 이 꼬라지로 살라고? 나는 돈도 벌고 의리도 있는 사람이 되고 싶다."

"돈? 니 지금까지 집에 십 원짜리 하나 준 적 있나? 의리? 경찰이 설렁탕 한 그릇 사주면 줄줄 부는 기 조직 계보 아이가?"

"그런 깡패한테 돈 빌리러 간 니는? 다 아는 척하지 마라."

"그래, 다는 몰라도 하나는 알겠다. 맛 좀 볼래?"

"뭘 아는데? 무슨 맛을 보여주는데?"

"그래 살면 안 된다는 맛."

강철은 말이 끝나기가 무섭게 종수를 끌어안으며 복부에 뭔가를 꽂았다. 종수가 "윽!" 하고 신음을 토했다. 그는 허리가 끊기는 고통을 느꼈다.

"결국에는 칼 맞고 죽는다."

멍하니 강철을 바라보던 종수는 천천히 눈을 아래로 깔았다. 허리가 끊길 듯 아랫배에서 묵직하게 전해져 오던 통증이 서서히 가셨다. 강철은 종수의 배에 비타민C 통을 대고 있었다.

"생일 축하한다, 새끼야. 종수야, 세상이 죄다 깡패다. 단디 좀 살자, 단디."

강철은 웃으며 말했다. 세상은 그들에게 깡패였다. 아니, 깡패보다 더 악랄한 무엇이었다. 희망과 절망을 무기로 삼은 시간차 공격. 그건 깡패보다 훨씬 악랄한 짓이었다. 강철은 종수의 어깨를 툭 치고 나서 오토바이로 성큼성큼 걸어갔다. 종수에게 강철은 친구이면서 늘 형 같은 사람이었다. 슈퍼 히어로처럼 종수가 괴롭거나 슬플 때 그는 늘 정확한 타이밍에 나타나 종수를 수렁에서 건져냈다. 하지만 어른이 된 종수는 강철이 부담스러워지기 시작했다. 그가 너무 반듯했기 때문이다. 조직 생활을 시작하고부터, 온갖 술수와 피비린내가 난무하는 곳에서 살아남으려면 더 비겁해지고, 더 야비해져야 했다. 정해진 대로 반듯하게 살아봤자 남는 것은 가난뿐이라고 생각했다. 종수는 그게 싫었다. 자신의 아버지나 강철처럼 그렇게 살고 싶지 않았다. 강철의 오토바이가 출발했다. 종수는 강철이 건넨 비타민을 손에 꽉 쥐고 강철이 떠나는 모습을 물끄러미 바라보았다.

"깡철아, 내는 니같이 안 살란다."

종수는 고개를 돌려 눈앞에 펼쳐진 빌딩 숲을 바라보았다. 그는 상곤처럼 힘과 돈을 가지고 저 높은 빌딩 꼭대기를 점령하고 살고 싶었다. 빌딩들이 눈부셨다.

8

제빙 공장에는 계절이 없다. 늘 겨울이었다. 강철은 커다란 얼음벽 앞에 서서 해머로 얼음벽을 부쉈다. 아무리 때려도 이 겨울은 끝나지 않았다. 얼음을 허물어 내면 또 다른 얼음이 쌓일 뿐 강철에게는 늘 겨울이었다. 천 평이 넘는 벽을 가득 메운 얼음덩이들이 눈앞에 있었다. 지게차들이 바쁘게 얼음을 운반했다. 강철은 해머를 내려놓고 자신에게 배정된 지게차를 몰고 얼음벽으로 향했다. 강철은 기어를 조정해 지게차 집게를 얼음벽에 꽂았다. 강철이 기어를 바꿔 들어올리려는데 얼음은 꿈쩍도 하지 않았다. 물끄러미 얼음벽을 바라보던 강철은 지게차에 실린 해머를 들고 내렸다. 강철은 화가 났다. 자신을 가두고 있는 단단한 겨울 그리고 커다란 얼음벽에 대해서 치밀어 오르는 화를 참을 수가 없었다. 강철은 해머로 사정없이 벽을 때리기 시작했다. "쿵! 쿵! 쿵!" 하는 소리가 넓은 창고에 울려 퍼졌다. 부서진 얼음 파편들이 강철의 얼굴을 때렸다. 강철의 꾹 다문 입에서 신음이 새나왔다. 강철은 얼굴에 뜨거운 것이 흘러내리는 것을 느끼고 나서야 해머를 집어던졌다. 그러고는 갑자기 고함을 치기 시작했다.

"아, 아악!"

눈을 감고 있는 힘을 다해 고함을 쳤다. 작업장 인부들이 동작을 멈추고 의아한 듯 그를 바라보았다. 강철의 고함은 어느덧 울음이 되어 있었다. 그의 입에서는 쉴 새 없이 허연 숨결이 토해져 나왔고, 그는 어른이 되고 처음으로 남들 앞에서 엉엉 울었다. 강철은 눈물 콧물이 흐르는 줄도 모르고 울다가, 자리에서 일어나 해머를 들고 미친 듯이 얼음벽을 쳤다.

'씨발, 좆 같네.'

마음속에서 욕지기가 올라왔지만 차마 그것들을 끄집어낼 수는 없었다. 단지 자신을 가로막고 있는 이 거대한 거울이 그만 녹아 없어졌으면 좋겠다는 생각만 했다. 얼음 파편이 눈처럼 그의 어깨에 쌓였다.

종수는 일식집 주방 옆 공터에 앉아 물끄러미 깁스한 자신의 손을 들여다보고 있었다. 강철의 얼굴이 떠올랐다. 아버지의 얼굴도 떠올랐다. 그리고 지긋지긋한 자신의 얼굴도 떠올랐다. 그는 해운대를 둘러싼 고층 빌딩 라운지에서 아버지와 자신, 강철이 슈트를 입고 와인을 마시는 상상을 했다. 말끔하고 여유로운 얼굴을 한 세 남자가 아무런 걱정 없이 와인을 마시는 장면을 상상하니 종수의 얼굴에 옅은 미소가 번졌다. 손을 뻗으면 만져질 것 같은 아련함, 종수는 언젠가 꼭 그런 날이 올 것이라고 생각했다. 문제는 돈이었지만, 한탕만 하면 돈은 하늘에서 쏟아질 것이 뻔했으니까. 다들 그렇게 부자가 되고 돈을 펑펑 써대며 살아가는 세상이니까. 자신도 그렇게 되지 못하라는 법은 없다고 종수는 생각했다. 그 너머에 회칼에 붕대를 감고 있는 조무래기들이 있었다.

"행님은 담가봤습니까? 두부 찌르는 느낌 난다 카든데?"

"안 담가봤는갑네. 뭐했습니까? 혹시 겁묵은 거 아입니까?"

회칼에 붕대를 감던 조무래기들이 종수 옆에 앉으며 장난스럽게 말했다. 종수는 그 말을 듣고 있자니 문득 휘곤의 야비한 얼굴이 떠올랐다. 종수는 벌떡 일어나 조무래기 한 명의 배를 걷어찼다. 배를 맞은 조무래기가 복부를 움켜쥐며 쓰러졌다. 배를 맞지 않은 조무래기가 일어나 열중쉬어 자세를 취했다. 바닥을 구르던 조무래기도 얼른 일어나 같은 자세를 취했다.

"행님, 죄송합니다!"

종수는 고개를 숙이는 조무래기의 배를 한 번 더 걷어찼다. 배를 맞은 조무래기가 바닥으로 쓰러졌다. 웅크리고 있는 그를 보자 종수는 어떤 희열을 느꼈다. 종수는 서 있는 조무래기의 뺨을 후려치고 곧바로 그의 정강이를 걷어찼다. 종수의 심장이 두근거렸다. 그의 손에 남아 있는 감촉, 누군가를 때린 후에 남은 얼얼한 손의 감촉을 느꼈다. 종수는 누군가를 마음대로 때릴 수 있는 자신의 모습이 좋았다. 그는 정신없이 조무래기들을 후려갈겼다.

"비상입니다. 비상!"

정신없이 뛰어 들어온 조무래기 하나가 종수를 말리며 말했다.

벤츠 몇 대가 일식집 정문으로 들어오고 있었다. 멈춘 차에서 야가미와 보디가드들이 내렸다. 야가미의 손에는 아기토의 영정이 들려 있었다. 보디가드들이 야가미를 둘러쌌다. 살벌한 분위기였다. 아기토를 경호하던 보디가드들과는 차원이 다른 분위기를 가진 이들이었다. 상곤과 휘곤이 황급히 뛰어나왔다. 종수와 조무래기들도 후문 정원 쪽에서 뛰어나왔다. 야가미를 발견한 그들 모두가 고개를 숙여 야가미를 맞이했다. 상곤을 노려보던 야가미가 영정을 보디가드 한 명에게 맡기고 저벅저벅 상곤에게 다가갔다. 야가미의 손이 휙 지나가더니 상곤의 뺨이 돌아갔다.

야가미는 한 마디도 하지 않고 일식집 창가에 앉아 정원 어딘가를 응시하고 있었다. 그의 얼굴에는 아무런 표정도 없었다. 그의 뒤에는 일렬로 늘어선 검은 양복의 야가미 무리와 상곤의 무리가 있었다. 상곤은 테이블 위에 올려놓은 유골함과 야가미를 번갈아 바라보았다.

"한국 경찰 말로는 과속에 의한 사고사라고… 그 도로가 원래 사고다발 지역이기도 하고, 비가 와서 노면도 얼어 있었답니다."

상곤은 어렵게 입을 열었다. 야가미는 대꾸를 하지 않고 상곤의 눈을 뚫어지게 지켜볼 뿐이었다.

"날 바보로 아는군."

"무슨 말씀이신지?"

"일전에 통화에서 아기토가 분명 온천에 간다고 했지?"

상곤은 대답을 하지 않고 그냥 고개를 끄덕였다. 야가미가 천천히 유골함을 쓰다듬었다.

"아기토는 물을 싫어해. 어릴 적에 빠져 죽을 뻔했거든?"

상곤의 뒤에 서 있던 휘곤이 주머니에 손을 넣어 잭나이프를 만졌다. 폴로도 소매에 숨겨둔 회칼을 쉽게 꺼낼 수 있게 조정했다.

"분명 온천에 간다고 했습니다."

상곤의 목소리에는 한 치의 떨림도 없었다.

"그럼 둘 중 하난 거짓말을 한 거네. 아기토 아니면 너."

야가미는 '아기토와 너'라는 말을 또박또박 발음했다. 그는 말을 하는 동안 단 한 번도 상곤에게서 시선을 떼지 않았다. 상곤은 야가미 등 뒤에 걸려 있는 시계를 바라보았다. 9시 59분 30초. 째깍째깍 초침이 돌아가고 있었다. 야가미는 상곤이 시계를 보고 있다는 것을 알고 있다는 듯, 침착하게 상곤의 동태를 살폈다. 상곤은 시계에서 눈을 떼지 않았다. 정각 10시. 동시에 방안의 불이 꺼졌다. 휘곤과 폴로는 각자의 칼을 꺼내 들었다. 휘곤의 무리가 막 움직이려고 하는데 상곤이 테이블을 똑똑 두드렸다.

"여기, 지배인 좀 불러."

휘곤의 무리 중 누군가 지배인을 데려왔다. 지배인은 불이 꺼져 있어 놀랐는지 가늘게 떨었다.

"어떻게 된 건지 확인해봐요. 죄송합니다, 야가미 상."

지배인이 고개를 숙이고 돌아섰다.

"거짓말하는 놈이 먼저 움직이게 돼 있지. 인내심이 짧거든."

"저는 긴 편이라."

"그래? 예정대로 준비해."

"네?"

"어머니 칠순."

야가미가 사리에서 일어서자 꺼졌던 불이 켜졌다. 불이 들어오자 야가미에 등 뒤에 있던 남자들이 일제히 권총을 앞섶에 넣었다. 야가미는 그들을 데리고 일식집을 빠져나갔다. 휘곤의 무리가 몸에 품고 있던 칼을 꺼내 내려놓았다.

"잘 참았다. 말려들었으면 다 죽었다."

상곤은 휘곤이 내려놓은 칼을 보며 말했다.

"인자, 우, 우짜지?"

휘곤의 목소리가 떨렸다. 긴장한 것은 휘곤의 무리들도 마찬가지였다. 그들은 패색이 짙은 전투에서 마지막 작전을 기다리는 병사들처럼 시선을 모두 상곤에게 향했다.

"우짜기는? 칼을 뽑았으면 칼을 써야지."

상곤은 자신 앞에 있던 소주를 잔에 가득 따라 벌컥벌컥 마시며 말했다. 뜨뜻한 소주가 목구멍을 타고 흐르는 것을 느끼며, 상곤은 차분해졌다. 그는 무슨 말인가 더 하려고 하다가 말고, 소주 몇 잔을 연거푸 마셨다. 더 이상 아무 말도 하지 않았다.

수령

1

수지는 테라스 앉아 자신이 챙겨온 전국 지도를 펼쳤다. 그녀
의 입에는 순이가 준 막대사탕이 물려 있었고, 눈은 서울에서 부
산까지 각 여정마다 붙어 있는 빨간 스티커를 따라 위에서 아래로
움직였다. 스티커를 붙일 때마다 그녀는 약간의 메모를 했는데, 날
씨와 감상 같은 아주 간단한 것이었다. 수지는 부산에 스티커를
한 장 붙이고 붉은색으로 동그라미를 그렸다. 그녀는 펜으로 간단
히 메모를 하려다 말고 벌떡 일어나 침대 위에 놓인 가방에 짐을
싸기 시작했다. 그녀는 그동안 찍었던 사진들 중에서 부산의 사진
들만 골라 봉투에 옮겨 담았다. 그때 "똑똑" 노크 소리가 들리더
니 순이가 들어왔다.

"저수지, 내다. 김태희."

순이 뒤로 강철이 빼꼼 목을 내밀고 비닐 봉투를 흔들며 씨익 웃었다.

야외 테라스로 자리를 옮긴 강철은 참치회가 담긴 일회용 도시락을 테라스 테이블에 꺼내놓았다. 그리고 비닐 봉투에서 맥주 캔을 꺼내 수지에게 내밀었다.

"하역 갔드만 좀 싸주드라. 짝퉁 참치가 아니라 진짜 참치다."

수지는 맥주를 한 모금 마시고 참치 한 점을 집어 입에 넣었다.

"아, 행복해."

수지의 말에 순이가 맞장구를 쳤다.

"미 투."

순이는 강철이 입에 넣어주는 참치를 받아 오물오물 씹어 먹었다. 수지가 사진 봉투를 강철에게 내밀었다.

"가나?"

"응, 내일 움직이려고."

강철은 수지가 찍은 사진들을 한 장씩 넘기며 감상했다.

"이젠 알바 글렀네. 여행 다니면 재밌나?"

"재미라… 재미로 뭘 할 나이는 지났고."

수지가 입을 삐쭉거리며 말했다. 강철이 퉁명스럽게 혀를 찼다.

"많이 돌아다녔는갑네. 여자가 겁도 없이."

순이는 수지가 마시는 맥주 캔을 보더니 꿀꺽 침을 삼켰다.

"그건 남자도 마찬 가지거든?"

"여자는 여자. 남자는 남자. 그래야 정상이지."

"아, 진짜 끝장 난다. 너의 그런 무례한 자신감은 어디서 나오는 거니?"

"비실대는 것보다는 좋잖아?"

순이는 이때다 싶어 수지가 먹고 내려놓은 맥주 캔을 스윽 잡았다.

"아, 왜 이리 목이 마르노 딱 한 모금만 마시야겠네."

순이는 강철의 눈치를 보더니 얼른 맥주 캔을 입가로 가져갔다.

"얼음!"

강철의 말에 순이의 동작이 뚝 멈췄다. 강철의 얼음 덕에 수지도 정말 얼음처럼 멈춰 있었다. 셋 사이에 정적이 감돌 정도로 누구 하나 움직이지 않았다. 강철은 피식 웃었다. 수지도 마찬가지로 피식 웃었다. 순이는 안타까운 표정으로 자신이 들고 있는 맥주 캔을 바라보았다.

"조심해라. 그래도 여자는 여자 아이가?"

강철이 순이 손에 들린 맥주 캔을 빼앗아 수지 앞에 내려놓으며 말했다. 순이는 동작을 멈춘 채로 맥주 캔을 따라 시선만 옮겼다.

"너 지금 내 걱정 해주는 거니?"

"몰라. 다음에 오면 내가 가이드해줄게."

"오토바이 가르쳐주면 안 가고."

강철이 자세를 고쳐 앉았다. 슬슬 풀이 죽어가던 그가 다시 생기를 찾았다.

"어? 오토바이?"

"배워보고 싶어."

강철의 얼굴이 환해졌다. 그는 테이블 가까이 몸을 붙여 앉았다.

"내일은 바쁘고 모레. 전에 본 부두, 오후 세 시, 됐나?"

"뭐든 멋대로라 속은 참 편하겠네."

수지가 피식 웃으면서 참치를 입속으로 넣었다. 강철은 수지와 눈이 마주치자 고개를 돌렸다. 둘 사이에 어색함이 맴돌았다.

"여기요."

세 사람은 일제히 목소리가 들리는 곳으로 고개를 돌렸다. "펑!" 하고 플래시가 터지며 사진이 찍혔다. 한 장의 사진은 아마 인화되지 않아도 영원히 기억될 것이다. '펑!' 하고 강철의 마음에도 플래시가 터졌다. 그는 지금 이 순간, 일상에서 약간 비껴난 이 순간에 느끼는 행복을 오래 간직하고 싶었다. 수지도 마찬가지였다. 서울에서 부산으로 여행을 내려오며 그녀는 자신이 왜 떠나는지 스스로도 의아했다. 하지만 '펑!' 하고 플래시가 터지던 순간 깜깜했던 방의 사물들이 잠깐 보이는 것처럼 짧은 시간 선명하진 않지만 자신을 직면할 수 있었다.

2

"이게 불법이라 또 야무지게 세탁해야 되거든."

간호사 복장을 한 브로커가 병원 복도를 걷던 강철의 옆으로 슥 다가서며 말했다.

"기본 콘셉은 사돈의 팔촌이 콩팥을 기증한다는 아주 아름다운 설정인 기라. 근데 준비는 다 된 기제?"

강철은 무슨 소리인지 몰라 브로커를 의아하게 바라보았다. 브로커는 손뼉을 짝짝치며 호들갑스럽게 강철의 어깨를 때렸다.

"쇼 미 더 머니. 돈! 데드라인은 내일. 오케이?"

강철은 자신의 어깨를 두드리는 브로커의 손을 획 피했다. 브로커가 중심을 잃고 휘청거렸다.

"내 못 믿나? 걱정 마라."

"기증자 하고 입이나 한번 맞춰보자."

강철은 멀리서 여자 환자가 다가오는 것을 보고 그대로 걸음을 멈췄다.

"뭐고?"

강철은 꿈쩍도 않고, 걸어오는 환자를 바라보았다. 신장 기증자의 실체를 확인한 강철의 얼굴에 묘한 표정이 지나갔다. 고개를 숙이고 다가오던 여자도 강철을 발견하더니 걸음을 멈췄다.

"재숙아."

강철과 재숙은 화단 옆에 있는 작은 공원에 앉았다. 재숙이 피우는 담배 연기가 하늘을 향해 올라가더니 서서히 풀어졌다. 강철은 피어오르는 담배 연기 뒤로 일렁이는 파도를 보며 앉아 있었다.

"연말에 화장품 광고 모델 하기로 했는데, 시간이 남아서 일본 가서 성형이나 할라고. 뭐, 스폰서 해줄라고 하는 사람들은 줄을 섰는데, 뜨고 난 다음에 말 나올 수도 있고 그래서."

재숙은 거짓말을 하고 있었다. 강철에게 약한 모습을 보이는 게 죽기보다 싫은 그녀였다.

"마이 고달파 보인다."

재숙은 가만히 바다를 보며 담배를 피웠다. 입김과 함께 파란 담배 연기가 둘 사이에 풀어져 하늘로 올라갔다.

"사돈 남 말 하나?"

재숙이 담배를 비벼 끄며 말했다. 바람이 그녀의 머리카락을 흔들었다. 그녀는 머리를 쓸어 올리고 비스듬하게 앉아 있다가 자세를 고쳤다.

"우리가 왜 안 된 줄 아나? 우린 똑같거든."

"뭐가?"

"살아온 꼬라지가."

"내 꼬라지가 어째서?"

재숙이 피식 웃었다. 한숨인지 탄식인지 모를 소리가 재숙의 입에서 길게 터져 나왔다.

"몰라서 묻나? 니는 니 인생이 없잖아? 느그 엄마한테 인생 차압당해서."

'차압? 맞네. 차압.'

강철이 고개를 끄덕였다.

"수술 전에 꼭 입금해라."

재숙이 자리에서 일어나며 말했다. 그녀는 강철을 한동안 바라보다가 출구로 향했다. 강철은 깡마른 재숙의 뒷모습이 위태롭게 느껴졌다. 그녀는 아주 작은 바람에도 꺾여버릴 것같이 보였다. 강철은 재숙의 한 걸음 한 걸음이 꼭 살얼음판을 걷고 있는 것 같았다.

3

휘곤은 자동차 뒷자리에 앉아 정박한 배들을 바라보고 있었다. 러시아 국기가 계양된 배에서 백인 남자가 가방을 들고 내렸다. 휘곤은 그를 주시했다. 백인 남자는 주변을 둘러보더니 철책 너머로 자신이 들고 있던 가방을 던졌다. 그가 신호를 보내자 휘곤이 차를 출발시켰다. 휘곤을 태운 차가 철책 근처에 정차했다. 휘곤은 운전석에 앉아 있던 아디다스에게 내리라고 지시했다. 아디다스가 조수석에 있던 차에서 내려 철책으로 다가갔다. 그는 가방을 챙겨 내용을 확인하고는 들고 있던 종이봉투를 철책 너머로 던졌다. 아디다스를 지켜보던 백인이 종이 봉투의 내용물을 확인하고 자신의 배로 돌아갔다. 차로 돌아온 아디다스는 가방을 뒷좌석에 있는 휘곤에게 건넸다. 휘곤이 가방을 받아 지퍼를 열었다. 가방 안에는 몇 자루의 러시아제 권총과 탄환이 있었다.

병희는 일식집 사무실에 있는 테이블에 자신이 가져온 복잡한 설계도면과 투자 설명서를 펼쳤다. 휘곤이 인상을 찌푸리며 그가 꺼내놓은 자료들을 훑었다.

"그게 밑밥이야. 해양심층수를 개발한다고 구라를 치는 거지. 바닷물은 주인이 없잖아? 거짓말 같지만 솔깃하거든."

병희가 휘곤을 보며 말했다. 휘곤은 병희가 꺼내놓은 서류를 들어 몇 장 훑어보더니 툭 놓았다. 종수가 사무실로 들어왔다. 그는 휘곤과 눈이 마주치자 꾸벅 인사를 했다. 병희는 종수를 힐끔 보더니 투자설명서를 집어 들었다.

“내가 요즘 여잘 하나 물었거든. 그걸로 공사 중인데, 이혼하고 받은 위자료만 백억이야. 공짜로 몸 담글 생각 말고 구미가 당기면 돈을 좀 태워보든가?”

“얼마나?”

종수는 그들의 대화를 관심 있다는 듯 지켜봤다.

“백억을 벌려면 십억은 써라. 일곱 개는 내가 모을 테니까 세 개만 태워보든가? 그럼 완공하고 삼십 프로 줄게.”

병희가 테이블 위에 있는 서류를 정리하며 말했다. 병희의 말을 듣고 있던 휘곤의 눈에 종수가 들어왔다.

“니는 뭐한다고 왔노?”

“그러니까, 제가 행님… 투석… 친구 어머니가 불치병이고 그러니까 돈이… 행님.”

종수는 휘곤의 물음에 위축돼 목소리를 벌벌 떨면서 횡설수설했다.

“나가라.”

휘곤이 종수를 쏘아보며 말했다.

“예, 행님.”

종수는 꾸벅 인사를 하더니 황급히 밖으로 빠져나갔다.

환규는 진지한 얼굴로 해양심층수 투자설명서를 보고 있었다.

종수는 열변을 토하며 환규의 주위를 서성거렸다. 환규는 종수와 투자설명서를 번갈아 보다가 툭 던졌다.

"바다 깊은 데서 나오는 해양심층수를 뽑아가 이, 특별히 개발한 필터를 이용하면 미네랄이 풍부해가 어, 생물 성장에 좋은 무기 영양소가 듬뿍듬뿍, 고혈압, 당뇨, 아토피… 아무튼 참 과학적이야. 맞제?"

종수는 정신없이 환규 앞에서 투자설명서를 읽었다. 그걸 묵묵히 듣고 있던 환규의 손이 천천히 책상 위의 재떨이를 잡았다. 순간, 그 손을 종수가 얼른 잡았다.

"아부지, 나 그걸로 맞으면 죽는데?"

환규는 옆에 있던 두루마리 휴지를 잡아 던졌다. 종수는 그걸 재빠르게 피했다.

"나가, 나가라, 이 새끼야. 니 줄 돈 있으면 깡철이를 주겠다."

"이번에는 다르다니까, 해양심층수는 과학이라니까."

종수는 환규가 책상에 던져놓은 투자설명서를 흔들면서 말했다.

"과학? 인생이 로또가? 한 방, 한 방 씨부리다 한 방에 가는 기 인생이다. 알겠나?"

환규가 종수 손에 있던 투자설명서를 빼앗아 던져버렸다.

"미치겠네, 진짜. 그냥 믿고 주면 안 되나? 사람 살리는 셈 치고. 응?"

"내부터 좀 살자. 이 한심한 청춘아! 니 평생 그래 살 끼가?"

"내가 뭘? 누구는 뭐 이래 살고 싶어 사나?"

종수는 깁스한 손을 테이블에 퍽퍽 내려쳤다. 그 바람에 깁스에 미세한 균열이 가더니 곧 깁스가 터지면서 종수의 맨살이 드러났다.

"중학교 때 프레스기 고친다고 아부지가 내 손가락 잘라 묶었잖아? 그 일만 없었어도 이래 안 산다. 아나?"

환규는 넋 놓고 종수가 흔드는 손을 보고 있었다. 깨진 깁스 안으로 중지, 약지, 검지가 잘려 나간 종수의 손이 보였다.

"손 빙신한테 누가 직장 주나? 노가다? 한 팔로 우째 할 낀데? 누군 뭐 속없어 이래 사는 줄 아나? 가난, 지겹다. 엄마도 가난 때문에 내 버리고 도망친 거 아이가? 누가 모를 줄 아나?"

맥 풀린 환규가 의자에 털썩 주저앉았다.

"그라모 내가 감동이라도 받을 줄 알았나? 나가, 나가 이 새끼야."

종수가 울먹거리며 원망스럽게 환규를 보며 서 있다가 입구로 돌아섰다. 종수는 몇 걸음 걷다가 다시 환규에게로 향했다.

"뭐 때매 들어오노? 안 나가나?"

"잠은 집에서 자야 될 거 아이가? 특별히 내 잠자리 예민한 거 모르나?"

동네 개들이 짖어댔다. 종수는 2층 계단을 향했다.

"그래, 미안하다. 종수야. 니 손 미안하다."

환규가 고개를 숙이고 말했다. 종수는 걸음을 멈추고 말없이 환규를 보고 있다가 2층으로 올라갔다.

4

빨간색 털실에 장력이 생겨 팽팽해졌다, 느슨해지기를 반복했다. 잠든 강철의 손목에 묶인 털실이었다. 실이 당겨질 때마다 강철의 손이 올라갔다 내려갔다 했다. 강철의 손에 묶은 실 끝이 순이의 허리에 묶여 있었다. 순이는 부지런히 주방을 왔다 갔다 했고, 그럴 때마다 강철의 손목에 연결된 실이 팽팽해졌다. 줄이 당겨지자 강철의 잠든 얼굴이 일그러졌다.

강철은 눈을 감은 채로 주방에서 아득하게 들리는 소리에 집중했다. 가스불이 켜지는 소리, 프라이팬에서 음식이 익어가는 소리, 도마에서 채소가 썰리는 소리, 그는 꿈이라기에는 너무 생생한 소리를 들으며 서서히 잠에서 깼다. 줄이 다시 당겨지고 강철은 손목이 아파서 인상을 쓰며 게슴츠레 눈을 떴다. 강철은 벌떡 일어나 소파 뒤 안방을 확인했다. 순이가 없었다. 그의 손목에 묶인 실이 주방 쪽으로 팽팽하게 당겨져 공중에 떠 있었다. 그는 얼른 실을 따라 주방으로 향했다. 순이는 주방에 서 있었다. 강철은 잠이 덜

깬 얼굴로 순이가 주방에서 뭔가를 만들고 있는 모습을 봤다.

"내 새끼, 일어났나?"

강철은 어리둥절한 표정으로 식탁에 앉았다. 그는 식탁에 앉아 물끄러미 순이를 한동안 바라보았다. 부엌 창으로 쏟아진 새벽빛이 주방에 아른거리는 것이 꼭 꿈만 같았다. 강철이 그토록 오래도록 꾸어왔던 그 꿈. 강철은 가슴이 뭉클해지는 것을 느꼈다. 순이는 돌아서서 강철의 입속에 무언가를 쏙 넣었다.

"간이 맞을지 모르겠네."

김밥이었다. 순이는 강철 앞에 예쁘게 김밥이 들어간 도시락을 내려놓았다. 순이는 강철이 김밥을 넘길 때까지 기다렸다가 또 하나를 집어 강철의 입속으로 넣어줬다.

"엄마."

강철은 입속에 있는 김밥을 씹었다. 김밥 때문이 아니라, 엄마의 그 모습에 목이 메었다.

"맛있나?"

강철이 고개를 끄덕였다.

"참 예쁘게도 정신이 오셨네?"

"니 도망갈까 봐 묶어놨다."

순이는 강철의 손에 묶인 털실을 가리키며 말했다.

"사돈 남 말은. 엄마 나나 도망가지 마라."

순이는 강철의 입에 김밥을 하나 더 넣었다. 강철은 오랜만에, 정말 오랜만에 맘 편히 밥을 먹었다. 그는 꼭 새끼 새처럼 맛있게 순이가 넣어주는 김밥을 받아먹었다.

"이거 꿈은 아니제?"

"걱정 마라. 엄마는 절대로 아들 혼자 두고 어디 안 간다."

순이는 강철의 머리를 쓰다듬었다. 강철은 오랜만에 마음에 졌던 무거운 짐을 내려놓는 것 같았다.

"우리 똥 강아지, 인자 준비해야지."

순이가 말했다. 강철이 배시시 웃었다.

"좀만 더 있다가. 진짜 이거 꿈 아니제?"

"또 이런다. 꿈 아이다."

순이가 자상하게 웃으며 말했다.

"자, 강철 어린이 이제 씩씩하게 유치원 가야지요?"

"어? 유치원?"

강철은 시계를 봤다. 오전 여섯 시. 순이가 무언가를 내밀었다. 노란 유치원 가방이었다.

"김밥 싼 거 친구하고 노나 묵고 선생님 말씀 잘 듣고, 알았제?"

"엄마."

순이는 강철의 엉덩이를 두드렸다.

"또 어리광부린다. 일어나세요. 퍼뜩 유치원 가세요."

김밥을 삼키던 강철이 목이 메어왔다. 순이가 가방을 강철의 어깨에 메어주려 했다. 꼭 끼어서 잘 들어가지 않았다. 강철은 억지로 웃으며 가방을 두르고 일어섰다.

"다녀오겠습니다."

강철은 고개를 들지 못했다. 정적이 그와 순이 사이의 공간을 채웠다. 강철의 등이 조금씩 들썩거렸다.

"키만 컸지 우리 철이, 얼라네, 얼라."

순이가 강철은 안으며 등을 다독였다. "툭, 툭." 식탁으로 눈물방울이 떨어졌다.

"울지 마라. 울지 마라. 내 똥강아지 울지 마라."

순이의 목소리에 맞춰 강철의 어깨가 들썩였다. 멀리 부산항에서 뱃고동 소리가 들렸다. 강철은 순이의 품에 안겨 한참 동안 울었다. 그는 엄마의 따뜻한 품이 너무 좋아서 슬펐다. 이 순간이 영영 이어졌으면 좋겠다고, 그는 간절히 생각했다.

5

상곤은 티 테이블에 앉아 차를 마시고 있었다. 그는 편안하게 앉아 일본 신문을 보고 있었다. 그 뒤에는 폴로가 서 있었다. 상곤은 아기토의 사망 사건에 관한 기사에 눈을 돌렸다. 상곤이 자리에서 일어섰다. 종수가 무릎을 꿇고 상곤에게 구두를 신겼다. 힐끔 상곤의 눈치를 보던 종수가 테이블 위로 뭔가를 슥 내밀었다. 해양심층수 투자설명서였다.

"이기 참 과학적, 친환경적인 사업이네요. 카이스트 박사님이 심혈을 기울이셨답니다."

"너 죽고 싶냐?"

폴로가 종수의 머리를 치며 말했다. 상곤은 종수의 얼굴을 슬쩍 바라보더니 방을 빠져 나갔다.

강철은 오징어 하역 작업을 하고 있었다. 그는 컨베이어 벨트에서 연신 상자를 내렸다. 강철은 상자를 던져놓고 뭉친 허리를 풀었다. 주머니에서 휴대폰을 꺼내 혹시 메시지라도 온 게 있는지 확인했다.

'오후 두 시 반'

수지의 문자였다. 강철은 싱긋 웃고는 근처에 주차해둔 오토바이를 보았다. 순이는 사이드카에 앉아 김밥을 먹고 있었다. 강철의 휴대폰이 울렸다.

"누님? 안 그래도 전화할라 했는데 일단 일부만 받고 먼저, 어? 뭔 소리고? 다 받았다고?"

강철이 숨을 토해내며 인부들이 부지런히 움직이는 모습을 보았다. 강철은 전화를 끊고 재빨리 오토바이를 향해 달렸다.

수지는 오징어 하역 작업을 하는 모습을 주의 깊게 바라보고 있었다. 인부들 중에 강철은 없었다. 수지는 시간을 확인했다. 3시 30분. 수지는 지나가는 인부를 붙잡았다.

"저기요. 강철이 안 나왔어요? 강철이."

"미안합니다. 피아 퐁. 한국말 못 알아먹습니다. 나, 관심 있습니까?"

외국인 노동자였다. 수지가 미안한 표정으로 고개를 숙여 인사했다. 그는 웃으며 제 자리로 돌아가서 수지를 힐끔거리며 낄낄거리고 떠들었다. 수지는 난처한 듯 웃었다.

6

종수는 음악과 사이키 조명에 맞춰 노래를 불렀다. 병희는 여자를 끼고 소파에 앉아 종수가 노는 모습을 바라보았다. 종수는 춤을 추더니 테이블 위로 올라가 노래를 부르기 시작했다. 흥분한 그가 샴페인을 따서 사방으로 뿌렸다. 여자들과 병희가 박수를 치며 분위기를 띄웠다. 그때 음악이 뚝 끊겼다.

"뭐꼬?"

이내 사방이 밝아졌다. 종수가 게슴츠레한 눈으로 정면을 바라보았다. 종수는 누군가가 자신을 향해 다가오는 것을 발견했다. 깜짝 놀란 종수가 도망치려는데, 누군가 종수의 목덜미를 잡았다. 강철이었다.

"어이 청년, 피가 끓는구만. 보기 좋네. 이리 와 살짝 한잔 빨아봐라."

병희가 소파에 몸을 기대고 강철에게 오라는 시늉을 하며 말했다. 강철이 병희를 노려봤다.

병희는 자세를 고쳐 앉았다.

"자, 나갑시다."

병희는 강철의 눈빛을 더 이상 견디지 못하고 자리에서 일어났다. 그는 여자들을 우르르 몰고 방 밖으로 나갔다. 종수는 목덜미를 붙잡혀 버둥거렸다.

"와 그라노? 말로 해라, 말로!"

강철은 멱살을 잡은 채로 종수를 그대로 밀어버렸다. "쿵!" 하고 종수가 소파로 나가떨어졌다.

"큰행님이, 준기다. 큰행님."

종수는 소파에 쪼그리고 앉은 채로 몸을 잔뜩 움츠리며 강철을 올려다보았다. 강철이 주먹을 쥐고 종수에게 다가갔다.

"때리지 마라. 때리면 친구 안 한다. 앞으로 절교다. 절교!"

강철은 말없이 종수를 바라보았다.

"놀려줄 끼다."

"뭐? 돌려줘? 후까시 잡다가 엄마 죽고 나면 무슨 소용이냐고!"

강철은 아무 말도 하지 못했다. 종수가 일어나 호흡을 고르더니 진지하게 말했다.

"니는 이쪽으로는 기웃도 하지 마라. 계속 그렇게 살아라. 그래야 깡철이 아이가? 나머지는 내가 다 알아서 한다."

"돌려준다."

강철이 잠시 생각하다가 말했다. 병희가 문을 빼꼼 열고 안을 바라보며 손을 들었다.

"돈 못 무른다. 무르면 엄마 수술 못 한다. 알제?"

종수는 얼른 문을 닫고 나갔다. 방안에 혼자 남은 강철은 옆방에서 흥청망청 들려오는 노랫소리를 들었다. 그의 표정이 복잡해졌다.

7

일식집 정문 앞 사이드카에 앉아 있던 순이는 물끄러미 한 곳을 응시하고 있었다. 그녀는 빨간 털실로 짠 무릎 담요를 덮고 있었다. 순이는 무릎 담요를 살피다가 보풀을 하나 발견하고 손으로 보풀을 떼어냈다.

휘곤은 일식집 사무실에 있는 안마 의자에 앉아 있었다. 부르르 안마 의자가 진동 할 때마다 그의 얼굴이 떨렸다. 강철은 안마 의자의 진동 소리를 들었다.

"그러니까 니 말은 돌려줄 테니까 없던 걸로 하자?"

의자에 앉아 있던 휘곤이 진동을 강으로 올렸다. 그의 몸이 덜덜 떨리며 발음이 떨려 나왔다.

"차, 착각을 자, 자유로 하면 혀, 현실이 지, 지, 지랄이에요."

강철은 무슨 소린가 하는 표정을 지었다. 휘곤은 진동의 버튼을 끄고는 아이처럼 신나 했다.

"와~ 죽이네!"

휘곤은 책상 위 봉투를 들어 안을 확인했다.

"니 지금 장난 치나? 큰 거 세 장, 삼억! 앤드 니하고 연대 보증 선다는 조건!"

휘곤은 서랍을 열어 서류 하나를 책상 위로 툭 던졌다.

"차용증 봐라. 거, 니 인감하고 전세 계약서!"

강철은 휘곤이 무슨 소리를 하는지 잘 모르는 표정을 지었다. 강철은 휘곤이 던진 차용증을 확인했다. 봉투를 열자 전세 계약

서와 인감이 보였다.

"내는 이런 거 한 적 없다."

"상관있나? 우리야 종수랑 니한테 돈만 받으면 되시. 온 김에 신체 포기각서나 쓸래요? 고객님."

휘곤은 강철의 손에 들린 차용증을 잡더니 천천히 당겼다. 차용증이 슥 딸려왔다.

"마, 니 인자 좆 됐다."

휘곤이 웃으며 말했다. 강철은 주먹을 쥐고 휘곤을 노려봤다. 휘곤은 픽 웃더니 안마 의자의 진동 버튼을 다시 눌렀다. 휘곤의 몸이 덜덜 떨렸다. 휘곤은 의자에 몸을 맡긴 채 강철을 보며 얄밉게 웃었다.

"도, 도랑 치고 가, 가재 잡고. 이, 이, 일석이조네! 이, 일석 이, 조!"

강철은 이를 꽉 물고 휘곤을 바라보다 문을 쾅 닫고 나갔다. 휘곤은 편안하게 몸을 맡기고 몸을 떨었다.

미닫이문이 활짝 열리고 휘곤이 웃으며 들어왔다. 병희는 입에 회를 가득 넣고 우물거리며, 휘곤이 들어오자 손을 번쩍 들고 흔들었다. 그는 잘 차려진 일식 한상을 보며 만족스럽게 고개를 끄덕였다.

"처녀 속살이 따로 없네. 그 멍청한 새끼, 바로 빨리더라고."

병희가 회를 씹으며 말했다. 휘곤은 병희 앞에 앉아 대뜸 손을 내밀었다. 병희는 회를 씹어 넘기고 알았다는 듯 봉투를 건넸다.

"한참 빠는데 친구 놈이 나타나 애 좀 먹었네. 씨발."

병희는 회를 먹으며 번들거리는 눈으로 휘곤이 세고 있는 돈을 바라보았다.

"계산해줄까? 종수가 여기서 삼억 땡겼잖아? 죽어도 친구 놈 엄마 수술비 써야 된다고 1억을 떼. 그럼 2억 남지? 거기서 진행비 285만 원에 기름 값 100만 원, 고급 휘발유라 좀 비싸. 거기에 기타 경비 178만 원."

"쿵!" 휘곤은 그대로 병희의 머리를 테이블에 처박았다. 병희는 그대로 기절했다.

"헷갈리구로."

휘곤은 다시 돈을 세다가 말고 병희의 머리를 테이블에 몇 번 더 처박았다. 병희가 상 아래로 널브러졌다.

강철은 한참 동안 일식집을 떠나지 못했다. 순이는 사이드카에 앉아 열심히 빨간 무릎 담요의 털실을 풀고 있었다. 순이가 푼 실은 자꾸 엉클어졌다. 강철은 순이의 손을 잡았다. 순이가 강철을 올려다봤다.

"잘해라."

강철은 대답을 하지 않았다. 순이는 강철의 손을 뿌리치고 출구로 걸어갔다. 강철은 그녀를 잡지 않고 바라만 봤다. 빨간 털실 뭉치가 따라 끌려갔다. 강철의 시선이 털실을 따라갔다. 걷던 순이가 픽 쓰러졌다. 순이는 바닥에 누워 경련을 일으켰다. 강철이 순이에게 달려왔다.

8

순이의 경련은 병원에 와서도 한참 동안 멈추지 않았다. 그녀는 진정제를 맞고 나서야 겨우 침대에 누워 잠들었다. 강철의 눈에는 부쩍 초췌한 모습이었다. 내과 과장은 그 옆에서 사무적인 얼굴로 차트를 넘겼다. 그 뒤로 대여섯 명의 레지던트와 인턴들이 원을 그리고 서 있었다. 강철은 그들과 순이를 번갈아 바라보고 있었다.

"디아베테스 엘리투스로 본인의 외래 환자였던 이 환자의 경우 디멘티아가 심해져 섬망 즉 데릴리움을 동반하고 있습니다."

강철은 그저 그들의 말을 듣고만 있었다.

"환자는 헤모디리스 없이는 생명을 연장할 수 없는 상태로 합병증이 너무 심해 키드니 트랜스플렌테이션 말고는 한 달을 넘기기가 힘들 것으로 판단됩니다."

내과 과장이 차트를 체크하고 밖으로 발걸음을 돌렸다. 레지던트와 인턴들이 우르르 따라 나갔다. 강철은 얼른 내과 과장을 잡고 말했다.

"무슨 소립니까?"

"신장이식 수술을 안 하면 한 달 넘기기가 힘들겠네요."

내과 과장이 사무적으로 말했다.

"선생님 어떻게 그리 태연하게 말하십니까?"

내과 과장의 얼굴이 굳어졌다.

"웰빙도 좋지만 웰다잉이 더 중요한 거예요."

내과 과장이 강철의 어깨를 툭 치더니 병실을 나갔다. 레지던트들과 인턴들이 그와 함께 순식간에 빠져나갔다. 강철의 시선이 순이에게 향했다.

강철은 캔 음료를 들고 재숙의 병실 앞을 서성거렸다. 곧 재숙의 병실 문이 열리더니 육십 대 초반의 남녀와 함께 기름진 인상의 남자가 쏟아져 나왔다. 그들은 강철을 힐끔 보더니 제각기 대화를 하며 복도를 빠져나갔다. 열려진 문틈으로 창밖을 보던 재숙의 시선이 강철에게 멈췄다. 강철은 재숙의 병실 문을 노크했다. 강철이 웃으면서 재숙에게 다가가 캔을 내밀었다. 재숙은 캔을 받아들었다.

"안 마시나?"

강철이 캔을 따며 재숙에게 물었다.

"몸매 관리해야지. 살찌는 거 안 묵는다. 문병 온 거는 아닐 끼고."

강철은 머뭇거렸다. 그는 두 손을 모으고 한참 재숙을 바라보다가 말했다.

"응, 사실은 부탁이 있어서 왔다. 재숙아."

"혹시 돈은 어떻게든 줄 거니까 수술부터 하면 안 되겠냐고 할 거면."

재숙은 병실 문을 가리키며 말했다. 그녀가 짧게 한숨을 쉬더니 다시 창문 쪽으로 시선을 돌렸다. 그녀는 입을 다물고 한참 동안 그대로 앉아 있었다.

"들어오면서 봤제? 내한테 딸린 입이 줄줄이다."

재숙은 간신히 입을 열었다. 그녀의 눈가가 촉촉이 젖었다.

"아니, 돈은 내가 입금시킬 거니까 딴 맘 묵지 말라는 말 할라고 왔다. 가보께."

차마 원래 하려던 말은 하지 못하고 강철은 자리에서 일어나 재숙의 손을 한번 잡더니 입구로 돌아섰다.

"치킨, 예쁘게 나왔더라."

"오빠야."

병실을 나가려는 강철을 재숙이 불렀다. 강철이 걸음을 멈췄다.

"고맙다."

재숙이 울먹이며 말했다. 강철은 재숙을 보며 빙그레 웃고는 병실을 나왔다. 병실 문을 닫은 그의 얼굴이 어두워졌다. 그는 복도를 걸으며 크게 한숨을 쉬었다. 조용히 세상 어디서 무엇인가 흔들리는 것 같았다.

강철은 병실 문 앞에서 인사를 하고 있는 브로커를 발견하자마자 그대로 팔짱을 끼고 복도 끝으로 이끌었다. 정장을 입은 그녀가 발을 질질 끌며 반항했지만 강철의 힘을 당할 수는 없었다.

"야, 와 이라노? 말을 해라 말을."

그녀는 강철에게 끌려가면서도 악을 쓰며 말했다. 강철은 복도 끝에 도착하자 그녀를 벽으로 휙 밀쳤다.

"내 콩팥이나 간 안 살래? 좀 사라. 엄마 수술비 대신에…"

"계약 캔슬하고 돈 뺏어갈 때는 언제고 이래 생짜를 쓰면 난 우짜라고?"

"그래서 되나? 안 되나?"

"재숙이도 사정 급하다. 그냥 포기해라. 억지로 더 살면 뭐하겠노?"

강철은 브로커의 말이 끝나기도 전에 그녀의 어깨를 잡았다.

"누구 맘대로? 내는 아직도 준비가 안 됐는데. 누구 맘대로?"

"누구 맘대로? 돈 맘대로. 돈, 엄마 살리려면 돈 구해 온나!"

강철은 브로커의 어깨를 더 꽉 잡았다. 브로커는 강철의 손을 뿌리쳤다. 병실 쪽에서 보안 요원 두 명이 그들에게 달려왔다. 브로커가 멈칫 돌아서는데 보안요원이 양쪽에서 팔짱을 끼고 그녀를 잡아끌었다.

"잠깐만요!"

보안요원에게 끌려가던 그녀가 강철 앞에서 멈춰 섰다.

"철아, 거울 좀 봐라. 엄마 살릴라다가 니가 먼저 죽겠다. 더 클루코스, 씨발! 포도당. 포도당이라도 한 방 맞아라. 살 사람은 살아야지. 니는 할 만큼 한 기다."

보안요원들이 브로커를 끌고 갔다. 강철은 허탈한 표정으로 그들이 그녀를 끌고 가는 것을 바라만 봤다.

9

"철아! 됐다! 내일 서류 들고 들어오란다. 내 대출받는 거하고 니 꺼하고 합치면...합치면."

통화를 하는 강철의 얼굴에 생기가 돌았다. 그는 자신의 일처럼 기뻐하는 환규의 목소리를 들으며 이제 드디어 한시름 놨구나 생각했다.

"설마, 이 자슥이…"

수화기 너머에서 책상 서랍을 여닫는 소리가 강철에게 들려왔다. 전화 속 환규의 목소리는 점점 다급해지고 당황하는 기색이 역력했다.

"가게 문서랑 인감이 안 보인다. 니 꺼도 없다. 우찌 된 기고? 종수 연락도 안 된다. 이 새끼 이거, 우찌 된 거 아이가?"

강철은 전화를 끊고 일식집 안으로 들어갔다. 그의 얼굴에 굳은 표정이 지나갔다.

물이 콸콸 쏟아지는 제빙 공장 제빙실. 내복만 입은 종수가 몸부림을 쳤다. 입에는 청테이프가 붙어 있고 팔과 다리는 묶인 상태로 종수는 발악을 했다. 그는 쇠파이프에 통닭처럼 매달려 있다. 어둡고 음습한 제빙실에서 종수는 악을 쓰며 절규했다. 얼음을 얼리는 파란 덮개의 통이 수십 개가 있었고, 벽 아래 컨베이어 벨트가 있었다. 휘곤이 옷에 묻은 물을 털어내며 몸을 부르르 떨었다.

"으~ 추워라! 출발."

휘곤이 손을 들어 출발 신호에 아디다스가 버튼을 누르자 "철컹!" 소리를 내며 얼음 집게가 움직였다. 종수의 몸이 그대로 집게에 끌려 공중에 떴다. 츄리닝이 쇠파이프로 종수의 몸을 밀며 얼

144

음 얼리는 통으로 이동을 했다.

"해양심층수 쪽박 났데이. 돈 갚아라, 종수야."

집게에 들려 얼음 통으로 끌려가는 종수는 몸을 비틀며 악을
썼다. 휘곤은 그 모습을 보며 낄낄 웃었다. 츄리닝이 파란색 뚜껑
을 열자 얼음 통으로 종수의 몸이 천천히 들어갔다. 종수의 몸이
점점 가라앉았다. 종수는 최대한 발버둥을 쳐봤지만 이내 얼음
통 안으로 사라졌다. 얼음물 위로는 종수의 뱉어낸 숨 거품들이
올라왔다.

강철이 들어서자 상곤은 기다렸다는 듯 그를 일식 주방의 맞은
편 의자로 안내했다. 그는 회칼로 능숙하게 도미의 뼈를 가르고
살을 발라냈다.

"며칠 있으면 불꽃 축제 한다고 부산 시내가 들썩거리던데 돈을
와 하늘에 태우고 지랄이고? 낭만? 그기 밥 묵이 주나? 배고픈
놈한테 낭만 줘봐라. 퍼묵는가?"

상곤은 선 채로 자신을 바라보는 강철에게 자리에 앉으라는 시
늉을 했다. 그는 와이셔츠 차림이었다. 폴로가 그들과 거리를 두
고 앉아 있었다.

"니 인생이 뭔 줄 아나?"

상곤은 손을 닦으며 강철에게 물었다. 그는 잘 떠진 회 한 점을

접시에 올려놨다.

"어디 있습니까?"

강철은 상곤의 맞은편에 앉았다.

"사람이 태어나 사는 거 그기 인생이다."

상곤은 다찌 옆에 뒀던 위스키를 집어 넘버를 확인하고는 뚜껑을 열었다. 그는 거침없이 와인 잔에 위스키를 따랐다.

"간단하제? 복잡하게 생각하지 말고 살란 뜻이다."

"어디 있습니까? 종수!"

"건방진 새끼, 어른이 이야기를 하면 들어야지."

강철이 상곤을 노려봤다. 상곤도 피하지 않고 강철에게 시선을 맞췄다.

"피가 되고 살이 될 낀데."

상곤은 잔에 가득 찬 위스키를 단숨에 마셨다. 그의 미간이 약간 좁아지더니 곧 눈을 감고 위스키 향을 음미했다. 상곤은 강철을 보고 씩 웃으며 회를 집어 우물거리며 씹었다.

"그라고 니가 지금 종수 챙길 때가?"

강철의 눈빛이 흔들렸다. 상곤은 그의 눈빛을 정확히 포착했다.

"엉뚱한 핑계 대지 말고, 좀 더 솔직할 수 없나?"

상곤은 다시 위스키로 잔을 가득 채웠다.

"엄마 살릴라믄 돈 필요하니까 뭐든 하겠다고 내 찾아온 거 아이가?"

상곤은 가득 찬 잔을 강철 앞으로 스윽 내밀었다. 살이 발리고 대가리와 몸통의 뼈만 남은 도미가 주둥이를 뻐끔거렸다. "맞나? 안 맞나?"

강철은 상곤이 내민 잔을 가만히 바라보았다. 상곤은 잔을 강철 쪽으로 조금 더 밀었다.

"종수 데려가고, 니는 답 가지고 와."

종수가 얼음 집게에 매달린 채 물속에서 올라왔다. 종수는 축 처져 있었다. 아디다스가 버튼을 누르자 "덜컹" 하고 얼음 집게가 움직였다. 대롱대롱 매달린 종수는 움직임이 없었다. 츄리닝이 종수를 쇠파이프로 툭툭 건드리다 휘곤의 눈치를 살폈다.

"죽었나?"

휘곤의 물음에 츄리닝이 갑자기 쇠파이프를 휘둘렀다. 쇠파이프가 종수의 머리를 지나 철제 집게를 때렸다. 종수의 몸을 움찔거렸다.

"죽은 척하고 있습니다, 형님."

츄리닝이 말하자 휘곤이 피식 웃었다.

"그 새끼 얍삽하네."

그때 묵직한 소리를 내며 철제문이 열렸다. 일제히 시선이 문으로 향했다. 강철이었다. 매달린 종수가 강철을 발견하고 발악했다. 휘곤이 강철을 발견하고 박수를 치며 웃었다.

"아, 오셨어요? 고객님."

휘곤이 선반에서 내려와 손을 내밀며 악수를 청했다. 강철은 휘곤을 무시하고 종수에게로 향했다.

"마!"

휘곤은 인상을 쓰며 버럭 소리를 질렀다. 강철은 몇 걸음 걷다가 돌아 휘곤을 노려봤다. 휘곤은 다시 선반 위로 올라섰다.

"마, 눈에서 레이저 나오겠다."

휘곤이 선글라스를 끼면서 말했다. 동시에 잭나이프를 꺼내 손잡이로 강철의 얼굴을 갈겼다. 강철은 얼굴을 부여잡고 파란색 통 위로 넘어졌다.

"아, 이 씨발 새끼는 예의가 없네. 예의가."

휘곤의 잭나이프를 주머니에 넣고는 강철을 물끄러미 바라보다가 강철의 어깨를 발로 걷어찼다. 무자비한 발길질이 연이어 이어졌다. 종수는 얼음 집게에 매달려 발악했다. 강철이 휘곤의 다리를 움켜잡고 버텼다. 휘곤은 팔꿈치로 강철의 등을 내리찍었다. 강철은 신음을 토하며 휘곤의 하반신을 감싸더니 그대로 들어올려 뒤로 던져버렸다. "쿵!" 휘곤이 고꾸라지며 바닥으로 처박혔다. 휘곤이 순간 당황해서 일어서려는데 충격으로 덮개가 열린 얼음 통

안으로 발을 헛디뎠다. 휘청하며 강철이 휘곤의 가슴팍을 움켜쥔 채로 넘어져 둘이 바닥을 뒹굴기 시작했다.

"뭐, 뭐, 뭐하노?"

휘곤이 강철에게 몸을 잡힌 채로 다급하게 자신의 부하들에게 소리쳤다. 츄리닝이 쇠파이프를 들고 강철에게 다가가다 미끄러지며 넘어졌다. 아디다스가 제어기 옆에 놓은 쇠 지렛대를 집어 들며 몸을 돌리다 실수로 그의 등이 제어기 버튼을 눌렀다. 컨베이어 벨트가 움직이고 일렬로 늘어선 쇠파이프에서 물이 쏟아지기 시작했다. 휘곤은 양손으로 강철의 얼굴을 두들겼지만 강철은 이를 악물고 놓아주지 않았다. 일어선 츄리닝과 다가온 아디다스가 뒹구는 두 사람을 바라보고 있었지만, 엎치락뒤치락해서 때리지 못하고 난감해했다.

"때, 때, 리. 이 비, 비, 빙신들아."

어리둥절한 표정을 짓고 있던 츄리닝과 아디다스가 몽둥이질을 했다. "퍽! 퍽!" 쇠파이프가 강철과 휘곤의 몸으로 떨어졌다.

"악!"

휘곤이 비명을 질렀다. 강철과 휘곤이 레슬링을 하는 것처럼 엎치락뒤치락하는 광경을 보고 있는 츄리닝과 아디다스는 어쩔 줄 모르고 당황했다. 집게에 매달린 종수가 몸부림치자 걸려 있던 줄이 점점 헐거워졌다. 강철은 휘곤의 허리를 감은 두 손에 힘을 주

기 시작했다. "우드득," 뼈가 어긋나는 소리가 났다. 휘곤은 몸을
비틀어대며 고통에 찬 비명을 질러댔다. 쇠파이프가 그대로 강철
의 머리를 때렸다. 강철의 몸이 축 늘어졌다. 종수가 몸부림을 쳤
다. 그와 동시에 줄이 풀리며 종수가 통으로 풍덩 빠졌다. 휘곤은
강철의 몸을 밀며 일어서다가 허리가 아픈지 휘청거렸다. 츄리닝
과 아디다스가 그를 부축했다.

"뭐, 뭐, 뭐 이런 때, 때, 때끼가 다 있노?"

휘곤은 쓰러진 강철에게 몇 차례 발길질을 하다가 허리가 아픈
지 인상을 썼다. 휘곤의 아디다스와 츄리닝에게 부축을 받으며 돌
아섰다. 그들이 선반을 내려가는 계단 쪽으로 향하는데 그대로
파란색 뚜껑이 머리를 강타했다. 강철이었다. 강철은 동시에 츄리
닝의 뒷덜미를 잡아 물이 콸콸 쏟아지는 쇠파이프에 박았다. 츄리
닝은 그대로 쭉 뻗어버렸다.

종수는 통에 빠져 파닥거렸다. 그는 물에 잠겨 바깥에서 벌어지
는 난투극이 눈에 보였다, 말았다 했다. 안간힘을 다해 통 밖으로
나가려고 했지만, 지친 체력과 낮은 수온 덕에 올라오지 못했다.

"쿵!" 이번에는 아디다스가 선반 아래로 떨어지더니 바닥에 쓰
러져 꿈틀거렸다. 강철이 뒤돌아보더니 휘곤을 발견했다. 쇠파이
프에서 쏟아지는 물이 강철과 휘곤의 몸으로 쏟아졌다. 휘곤이 컨
베이어 벨트 쪽으로 도망쳤다. 강철은 바닥에 뒹굴던 쇠 지렛대를

움켜쥐고는 성큼성큼 휘곤의 뒤를 밟았다.

컨베이어 벨트의 휘곤이 뒤로 물러섰다. 강철은 그대로 쇠 지렛대를 내려쳤다. 얼굴을 스치며 휘곤이 벨트로 쓰러졌다. 상철은 막무가내로 휘곤에게 쇠 지렛대를 휘둘렀다. 휘곤은 몸을 굴리며 얼음통 쪽으로 피했다. 거품만 올라오던 얼음 통에서 묶인 양손이 슥 올라와 통의 턱을 잡았다. 종수는 간신히 통 밖으로 머리를 내밀었다.

휘곤은 뒤뚱거리며 도망쳤다. 강철은 눈을 부라리며 성큼성큼 휘곤의 뒤를 쫓았다. 휘곤이 뒤를 돌아보더니 이내 파란 덮개를 열고 얼음물 통으로 들어갔다. 강철은 그 위로 쇠 지렛대를 휘둘렀다. 강철이 덮개를 사정없이 내려쳤다. 휘곤은 황급히 덮개를 닫았다. 휘곤은 몸이 물에 잠겼지만 덮개를 놓지 않았다. 강철은 개의치 않고 계속해서 덮개를 내려쳤다. 휘곤은 너무 추워 몸을 덜덜 떨면서도 통을 붙잡고 놓지 않았다. 휘곤이 들고 있던 물통에 균열이 생기기 시작했다.

강철은 이성을 잃은 듯 물불을 가리지 않고 내려쳤다. 덮개가 깨지며 파편이 사방으로 튀었다. 깨진 공간 사이로 올려다보는 휘곤의 얼굴을 강철이 내려다봤다. 그는 쇠파이프를 던지고는 깨진 덮개를 발로 차버렸다.

강철은 휘곤의 멱살을 움켜쥐었다. 강철은 주먹으로 사정없이 휘곤의 얼굴을 갈겼다. "퍽! 퍽! 퍽! 퍽!" 강철이 휘두르는 주먹에 휘곤이 축 늘어졌다. 종수는 얼음 물통에 잠겨 고개만 내밀고 강철을 바라보고 있었다. 강철은 축 늘어진 휘곤의 얼굴에 몇 번 더 주먹질을 하다가 이윽고 그의 멱살을 놓았다.

강철이 짐승처럼 거친 숨을 토해냈다. 휘곤이 그대로 물속으로 가라앉는 모습을 강철은 멍하게 바라보았다. 휘곤이 완전히 가라앉자 얼음물 통에서 거품만 올라왔다. 강철은 물에 비친 자신의 모습을 물끄러미 바라보다가 손을 넣어 휘곤을 잡아 밖으로 건져 냈다.

휘곤은 바닥에 축 늘어졌다. 강철은 숨을 헐떡이며 휘곤을 바라보고 있었다. 그때 누군가 뒤에서 강철의 목을 감았다. 방심하고 있던 틈을 타 완전히 제압해버린 것이다. 이미 지칠 대로 지친 강철은 몸을 버둥거리다 이내 힘이 빠져 축 늘어져 기절했다. 폴로는 감고 있던 팔을 풀어 강철을 바닥에 툭 던졌다.

얼음물 통에서 바라보던 종수가 눈만 빼고 얼굴을 담갔다. 폴로가 바닥에 늘어진 휘곤을 둘러메자 상곤이 다가왔다.

"에이 뜸 들기도 전에 밥부터 퍼묵을 새끼."

"처리할까요?"

상곤이 그대로 폴로의 뺨을 갈겼다.

"죽이면? 대가리가 안 돌아가면 주디 다물어라."

상곤이 낀 반지 때문에 폴로의 눈 옆으로 스크래치가 나 피가 흘렀다. 상곤이 돌아섰다. 폴로가 그 뒤를 따랐다. 얼음 물 통 속에서 종수가 턱을 삽고 바닥으로 올라왔다. 종수는 물끄러미 상철을 바라보았다.

10

강철은 종수를 오토바이에 태우고 한동안 달렸다. 많은 말들이 생각났지만, 어떤 말도 할 수 없었다. 다만 깊은 밤, 불빛이 도로에 고이는 것을 묵묵히 바라보았다. 강철의 머릿속에 많은 것들이 지나갔다. 종수와 함께 송도 해변을 뛰어놀던 어린 시절부터 고등학교를 그만둔 종수를 설득하던 시절까지. 그때만 해도 그들은 순수했다. 하지만 가난은 그들을 결코 순수하게 내버려두지 않았다. 불빛들과 함께 종수와 나눴던 추억들이 휙휙 지나갔다. 강철은 결코 종수를 포기할 수 없었다. 그는 친구이기 전에 형제와 같으니까. 강철은 자신의 숨소리가 들릴 정도로 깊은 생각에 빠져들었다. 강철은 멀리 철길 밑 터널에 오토바이를 천천히 멈췄다. 사이드카에 앉은 종수가 강철의 눈치를 살폈다. 강철은 아무 말도 하지 않았다.

"까, 깡철아."

강철은 대답을 하지 않았다. 터널 위로 기차가 지나갔다. 꽉 다문 강철의 턱이 점점 떨려왔다. 아무리 종수라고 해도 강철은 차오르는 배신감을 감당할 수가 없었다.

"니가 어떻게 내한테, 니가!"

종수는 할 말이 없었다. 함께 잘살고 싶었는데, 후회하기에는 너무 늦었다는 것을 종수도 알았다. 종수는 울먹거리며 천천히 오토바이에서 내렸다. 그는 몇 걸음 걷다가 갑자기 돌아서 고함쳤다.

"야! 이 개새끼야. 내 혼자 잘 묵고 잘살라고 그란 줄 아나?"

강철은 종수를 보지 않고 앞만 보고 있었다. 그는 자신이 지금 종수를 본다면 무슨 짓을 할 것인지 잘 알고 있었다. 그가 하는 말들, 그가 하는 행동들 모두가 지금부터 서로에게 상처를 줄 것은 너무 뻔한 사실이었다. 강철은 마음속에 차오르는 말들을 애써 삼켰다.

"세상이 언제 우리 편인 적이 있었냐?"

종수가 외쳤다. 강철은 오토바이에 올라 시동을 걸었다. 종수는 울먹이며 강철을 바라보았다. 강철은 액셀을 힘껏 당겨 오토바이를 출발시켰다. 강철은 멀리 종수를 남겨둔 채로 깜깜한 터널 안으로 들어갔다. 강철과 종수는 점점 멀어졌다.

"미안, 미안하다. 미안하다."

종수의 절규가 엔진음과 섞여 강철에게 들려왔다. 터지고 멍든 강철의 눈에서 눈물이 흘렀다. 터널은 곧 끝났고, 그는 이제 무엇을 해야 할지 결심했다.

불꽃놀이

1

수지는 창밖을 보고 있었다. 손에 든 랜턴을 껐다 켰다 할 때마다 창에 비친 얼굴이 밝아졌다, 어두워졌다 했다. 테이블 위에는 카메라며 사진, 간단한 메모 등 수지의 여행 기록이 어지럽게 널려 있었다. 그녀는 창밖 멀리 펼쳐진 바다를 바라보며, 이제 이 여행을 끝내야겠다고 생각했다. 그때 게스트하우스 정문으로 강철이 쓸쓸하게 걸어오는 것이 보였다. 수지의 차갑던 마음이 다시 따뜻해졌다.

수지는 강철의 멍든 얼굴에 정성스럽게 연고를 발랐다. 강철의 숨결이 수지에게 느껴졌다. 수지는 강철이 늘 경기에서 패하는 어린 경주마 같다고 생각했다. 초라하고 보잘것없지만 수지는 강철에게서 강한 힘을 발견할 수 있었다. 슬프지만, 그가 달리는 원동력은 그를 위한 것이 아니었다. 강철은 늘 누군가를 위해 희생하는 운명을 타고난 것 같아 수지는 마음이 아팠다. 수지는 강철의 얼굴에 연고를 바르며 그의 거친 손이 내내 신경 쓰였다. 얼마나 일을 해야 저렇게 투박한 손을 가질 수 있을까? 수지는 저절로 한숨이 나왔다. 강철은 수지의 얼굴을 물끄러미 바라보았다.

"나는 니가 간 줄 알았다."

수지가 고개를 숙이며 강철의 손에 난 상처에도 연고를 발랐다. 정성스럽고 꼼꼼하게, 강철의 거친 손에 연고를 덧발랐다. 수지는 강철이 조금이라도 아프지 않았으면 좋겠다고 생각했다.

"싸가지는 밥맛이지만 착한 줄 알았는데, 싸움이나 하고."

"수지야."

수지는 강철을 올려봤다. 둘의 시선이 서로에게 오래도록 고였다.

"니는 내가 착해 보이나?"

강철의 눈가가 촉촉이 젖었다. 그의 멍든 얼굴이 곧 폭풍 전야의 바다처럼 일렁였다. 수지의 표정이 진지하게 변했다.

"무슨 뜻이야?"

"그냥 궁금해서."

강철은 고개를 숙였다. 자신도 무슨 질문을 한 것인지 잘 몰랐다. 그저 이 아이에게 무엇인가를 확인받고 싶었다.

"그냥 궁금해서."

"파출소 소장이 그러던데? 주변 사람들의 칭찬이 자자한 효자 중의 효자. 엄마 생각 끔찍한 착한 아들 깡철이 아닌가?"

"응, 그거 다 거짓말이다."

수지는 연고를 다 바른 강철의 손을 잠시 바라보았다.

"왜?"

강철은 대답을 하지 못했다. 단지 그의 눈에 고였던 눈물이 조금 흘렀다.

"말해봐."

"그냥 죽어버렸으면 좋겠다."

"누가?"

정적이 밀려왔다. 강철은 한참 동안 아무런 말도 하지 못했다. 그건 수지도 마찬가지였다.

"엄마가."

강철은 힘겹게 말을 꺼냈다. 지나가던 자동차 불빛이 두 사람을 스쳐 갔다.

"음… 그럴 땐 좀 더 세련된 표현을 쓰는 게 좋지 않을까?"

강철은 의아한 듯 수지를 바라보았다.

"딱 세 글자면 되는데. 쉬워, 따라 해봐."

수지는 한 호흡을 쉬고 또박또박 말했다.

"힘. 들. 다."

처음 사람의 말을 배운 듯 수지의 말이 강철을 멍하게 만들었다. 단 세 글자의 말이 강철의 마음에 말할 수 없는 파장을 일으켰다.

"해봐. 하고 나면 좀 편안해지니까."

강철은 머뭇거렸다. 수지는 두 손으로 강철의 볼을 감싸고 두 눈을 바라보았다.

"깡철아, 힘드니?"

수지는 강철에게 다정한 목소리로 물었다. 강철의 목이 메어 왔다.

"아니, 하나도 안 힘들다."

힘겹게 툭, 강철은 신음하듯 말했다. 수지가 빙그레 웃으며 강철을 바라보았다.

"거짓말."

강철은 억지로 웃었다.

"진짜다."

"말은 숨길 수 있어도 마음은 못 숨기는 거다, 너."

강철은 침묵했다. 수지가 점점 강철에게 다가왔다. 강철의 마음이 쿵쾅거렸다. 지나가던 자동차 불빛이 다시 한 번 둘을 스쳐 갔다. 수지의 입술이 강철과 맞닿았다.

밤사이 수지는 강철에게 많은 말을 했다. '벗어나고 싶다'라든가 '잊고 싶다' 같은 말이었다. 그녀는 세상을 '섬'이라고 불렀다. 조금 더 괜찮게 살 수 있는 방법을 찾고 있다고 수지는 낮은 음성으로 말했다.

강철은 그런 수지의 마음이 너무 사랑스러웠다. 강철이 보기에 이제 이십대 초반인 수지는 강철이 다가갈 수도 없는 꿈을 품고 있었다. 조금 더 괜찮게 살 수 있는 방법, 강철은 수지의 낮은 음성을 귀 기울여 들으며 오랫동안 더 괜찮게 사는 것을 고민하기보다 지금 순간을 벗어나고 싶다고만 생각한 자신을 돌아봤다.

강철은 자신에게 꿈이라는 것이 있었는지 스스로 질문했다. 그에게 가장 확실한 것은 앞으로 다가올 불확실한 것들이라고 그는 생각했다. 수지가 생각에 잠긴 강철의 머리를 부드럽게 쓰다듬었다. 수지는 여행을 떠난다. 이곳에서 다른 곳으로 자신을 옮길 수 있는 용기가 그녀에게는 있었다.

"좀 더 괜찮게 살아가려면…"

수지는 말끝을 흐리다가 지금 자신이 어떤 상황인지 정확하게 판단할 수 있어야 한다고 말했다. 강철은 자신의 삶을 돌아봤다. '왜 그랬을까?'라는 질문도 소용없었다. 강철은 수지의 여행 이야기를 들으며 서서히 잠들었다. 꿈속에서 강철의 꿈이 부풀었다. 건강해진 순이가 콧노래를 부르며 주방에서 요리를 하고 있었고, 작지만 근사한 차를 산 종수와 드라이브를 하는 꿈을 꿨다. 강철의 마음이 부풀었다. 그런데 꿈이 부풀수록 그는 자꾸만 작아졌다.

강철은 소파에서 잠이 깼다. 얼른 일어나 침대에서 자고 있는 수지를 찾았지만 수지의 침대는 비어 있었다. 강철은 일어나다가 벽에 붙은 지도를 한동안 바라보았다. 수지가 서울을 떠나면서 기록한 여정들이 한눈에 보였다. 강철은 그녀의 여정을 천천히 손으로 더듬어보았다. 마치 수지의 걸음이 만져지는 것 같았다. 천천히 여명이 밝아왔다. 지도가 밝아지며 그녀의 메모들이 자세하게 보였다.

강철은 일출 무렵의 송도 백사장에서 수지를 찾을 수 있었다. 그녀는 담요를 덮고 바다를 보고 있었다. 바람이 불었고, 가녀린 그녀의 몸이 잠깐씩 기울었다. 강철은 천천히 그녀를 향해 걸었다. "뽀득 뽀득" 모래 부서지는 소리가 들렸다. 수지가 인기척을 느끼고 다가오는 강철을 돌아보았다. 강철은 수지는 향해 손을 흔들었다. 강철은 그런 그녀가 꼭 하늘하늘 봄바람에 흔들리는 꽃 같다고 생각했다. 강철이 천천히 수지에게 다가가 곁에 앉았다. 차가운 바람이 불었지만 따뜻한 수지의 기운이 강철을 감싸 안는 것 같았다. 수지가 고래상 쪽을 가리켰다. 태양이 뜨려는지 고래상 위로 붉은 기운이 감돌았다.

"태양을 보고 살아라. 그러면 너의 그림자를 못 보리라. 헬렌 켈러."

수지는 단어를 음미하듯 또박또박 말했다. 수지의 차분한 목소리가 좋아 강철은 눈을 감고 수지의 말을 다시 더듬어봤다. 음각을 하는 것처럼 수지의 말이 강철의 마음에 고스란히 새겨졌다.

"헬렌 켈러? 그거 우리 엄마 별명인데. 잠은 잘 잤을라나?"

"엄마 말고."

수지는 고개를 저으며 웃었다.

"응."

"니 이야기 좀 해봐. 아무거나."

바람이 불어 수지의 머리가 날렸다.

"아무… 거나?"

강철은 곰곰이 생각했다. 하지만 지금 이 순간 수지에게 꺼내놓을 자신의 어떤 이야기도 떠오르지 않았다. 강철은 단지 이 순간이 좋았다. 저 하늘, 하늘 아래 물들어가는 수지의 얼굴과 간밤의 고통을 다 잊게 해주는 이 새벽의 끝자락이 너무 좋았다.

"음… 없다. 하고 싶은 말."

"그럼 뭐 하고 싶은 거 없어?"

강철은 수지의 운동화를 보더니 피식 웃었다.

"있다. 하고 싶은 거."

강철의 손이 수지의 운동화로 향했다. 강철은 풀린 끈을 정성스럽고 깔끔하게 묶었다.

"끝!"

"무슨 일 있니?"

수지가 자신의 운동화를 보며 말했다. 강철은 그냥 가만히 고개를 저었다. 해가 막 떠오르고 있었다. 붉게 물들었던 고래상 위의 여명이 천천히 밝아졌다.

"니 이야기도 한번 해봐. 아무거나."

"말 돌리지 말고."

강철은 빙글빙글 웃기만 했다. 수지는 내내 단단히 묶인 자신의 운동화 끈을 바라보았다.

"내 이야기는 다음에. 어서, 니 이야기를 해봐."

"다음에? 그럼 나도 다음에."

"그래, 다음에 꼭 해라."

강철은 일어나 몇 걸음 걸어가 바다 가까이에 섰다. 강철은 순이를 떠올렸다. 몇 해 전 순이가 쓰러지고 두 달이 지나서야 정신을 차렸다. 하지만 돌아온 것은 순이가 아니었다. 순이의 병은 깊었고, 강철은 유년기를 채 빠져나오기 전에 가장이 되었다. 고된 노동을 끝내고 순이가 잠든 이후에야 그는 간신히 스스로를 돌아볼 수 있었다. 그렇지만 자신이 바라본 것은 온전한 자신이 아니었다.

강철의 완전체가 어딘가에 있다면, 강철에게 순이의 부재는 결코 자신이 완전해질 수 없게 커다란 덩어리가 떨어져나간 것이었다. 그때야 그는 알았다. 자신이 감당하기 힘들었던 한 부분을 순이에게 의탁하고 있었다는 것을.

어느덧 강철은 스무 살이 되었고 순이는 자신의 머릿속에서 점점 더 자신을 지워나갔다. 그걸 깨달은 순간 강철은 갑자기 불안해지기 시작했다. 늘 곁에 있던 존재가, 그래서 너무나도 당연했던 존재가 갑자기 사라지는 것만큼 커다란 공포는 없었다. 고래상 위로 떠오른 태양이 바다에 부서졌다. 마침내 모든 것이 밝아졌다. 멀리서 항구로 귀환하는 고깃배들이 보였다.

"부럽다."

"뭐가?"

강철은 한동안 말을 하지 않았다. 그저 햇살에 반짝이는 바다를 바라보며 파도 소리를 듣고 있었다.

"여행."

강철이 오래 준비한 고민을 꺼내듯 수지에게 툭 말을 던졌다.

"왜?"

"난 한 번도 여길 떠나본 적이 없거든."

강철은 수지를 향해 돌아섰다. 환하게 떠오른 태양이 강철의 어깨에 내려앉아 반짝였다. 수지는 담요를 덮고 앉아 강철의 등 뒤로 솟아 오른 태양을 바라보았다. 카메라가 있어서 지금 펼쳐진 풍경과 강철을 함께 담을 수만 있다면 좋겠다고 생각했다.

"가자. 집에."

강철은 말끝을 흐렸다. 그는 시간이 얼마 남지 않았다는 것이 너무 아쉬웠다.

"그래."

수지는 담요를 접고 일어서서 표정을 바꾸더니 강철에게 어깨동무를 했다.

"병원까지 내가 에스코트한다."

수지는 잔잔하게 웃으며 강철의 어깨를 두드렸다.

"응, 잘 보호해주라."

"같이 갈래?"

수지가 어깨동무를 풀며 먼저 걷는데 강철이 툭 말했다. 수지는 그 자리에 멈춰서 강철을 돌아봤다. 강철의 얼굴이 붉게 달아올랐다.

"여행."

"언제?"

"몰라."

수지가 휙 돌더니 걷기 시작했다. 강철은 하지 못한 말을 웅얼웅얼 입속에 담아두고 걸음을 옮겼다. 강철은 거리를 두고 수지의 뒤를 따랐다.

"바로 오케이하면 재미없잖아? 생각해보고."

수지가 앞장서서 걸으며 말했다.

2

병원에 갔더니 순이는 거기 없었다. 강철은 의사와 간호사를 찾아다니며 순이의 행방을 확인했지만 그들은 고개를 갸웃거릴 뿐속 시원한 대답을 하지 못했다. 수지는 곁에서 발을 동동 구르는강철을 어떻게든 달래주고 싶었지만 그렇게 하지 못했다. 수지 자신도 당황하기는 마찬가지였다. 강철은 땀을 뻘뻘 흘리면서 병원구석구석을 돌아다녔지만 헛수고였다. 강철의 머릿속에 오만 가지생각이 들었다. 강철은 병원 전체를 다섯 바퀴나 돌고 나서야 오토바이에 올랐다.

"지구대로 가보자."

강철이 수지에게 헬멧을 건네며 말했다. 수지는 고개를 끄덕이고 사이드카에 올라앉았다. 시동을 거는 강철의 등에서도 수지는그의 불안함을 느낄 수 있었다. 강철은 신호 위반을 해가면서 자신이 낼 수 있는 최고 속도로 오토바이를 몰았다. 쌩쌩 지나가는차들 사이로 위태로운 질주였지만 강철은 개의치 않았다. 지구대가 보이자 강철은 오토바이를 세우는 둥 마는 둥 버려두고 내렸다. 강철은 수지와 황급히 지구대 안으로 들어갔다. 막 퇴근을 준비하던 파출소장의 얼굴에 긴장한 표정이 역력했다. 다른 지구대원들도 마찬가지였다. 지구대 안에서 옷을 벗고 난동을 부리던 부랑자가 동작을 멈추고 강철과 수지를 바라보았다. 경찰들도 어리둥절한 표정으로 각자 하던 일을 멈추고 문을 박차고 들어온 그들의 다음 말을 기다렸다. 누군가 침을 꿀꺽 삼키는 소리가 들렸고, 한 대원은 치우던 가스총을 다시 몸에 착용했다.

"무슨 일이고?"

파출소장이 허겁지겁 뛰어나오며 물었다. 그는 당황했는지 입고 있던 외투의 한쪽 팔만 낀 채로 강철에게 달려왔다.

"우리 엄마 못 봤습니까?"

강철이 말하자 파출소장이 고개를 저었다.

"아니, 신고도 안 들어왔는데? 안 그래도 사고 치실 때가 됐다 켔는데. 우리도 함 찾아보께. 걱정 말거라."

지구대 여기저기서 낮은 탄식이 들려왔다. 가스총을 다시 차던 대원이 무전기를 체크하기 시작했다. 파출소장은 순찰 나간 대원들에게 무전을 날렸다. 그 모습을 지켜보던 강철은 생각난 듯 수지에게 말했다.

"집으로 가보자."

수지는 다급하게 고개를 끄덕였다. 강철은 지구대를 나서자마자 언덕을 한달음에 뛰어 올라갔다. 수지가 따라갈 엄두조차 못 내는 속도였다. 집으로 뛰어가는 내내 강철은 골목들을 살폈다. 가로등에 비친 그의 얼굴이 몇 분 사이에 초췌해졌다. 수지는 숨을 헐떡이며 간신히 강철을 따라다녔다. 정신없이 골목을 달리던 강철이 집 앞에 서서 숨을 골랐다. 수지는 강철보다 조금 늦게 도착해 턱 끝까지 차오른 숨을 토했다.

"엄마가 없으면 어떡하지?"

강철이 간신히 뒤따라오는 수지를 향해 걱정스럽게 말했다. 수지는 차오르는 숨을 고르느라 대답도 하지 못하고 손을 휘저었다. 얼른 들어가 보자는 신호였다. 강철과 수지는 떨리는 마음으로 강철의 집 현관을 열었다.

집은 텅 비어 있었다. 어둠이 짙게 내려앉아 있는 거실을 보자 강철의 마음이 떨리기 시작했다. 강철은 자신이 생각하던 최악의 순간이 현실이 되는 게 아닐까 걱정하며 집을 뛰쳐나와 산비탈 도로에서부터 삼거리까지 정신없이 뛰어다녔다. 수지는 강철의 뒤에 서서 목욕탕 굴뚝을 올려다봤다. 순이는 거기 없었다. 강철은 정신 나간 듯 사방을 둘러보며 고함을 쳤다.

"순이 씨, 어디 있노? 못 찾겠다. 인자 좀 나온나!"

강철의 목소리가 빈 삼거리에 공허하게 울려 퍼졌다. 수지는 가로등이 낮게 깔린 산비탈 아래를 살폈다. 강철이 돌아서 길가 세탁소로 뛰어 들어갔다. 그는 문을 열고 안을 살폈다.

"우리 엄마 못 봤습니까?"

세탁소 사장은 고개를 가로 저을 뿐 아무 말도 하지 않았다. 그는 강철을 측은하게 바라보았다. 강철은 건너편 철물점에 가서도 똑같이 물으며 순이를 찾았다.

"오늘 못 봤는데?"

강철이 허탈하게 철물점 문을 닫고 나오는데, 옆 이발소 앞에서 수지가 강철을 바라보았다.

"집에 가자, 엄마! 내가 잘할게. 숨지 말고 좀 나온나!"

강철이 고함을 치자 가운을 입은 이발사가 이발소 문을 열고 나왔다.

"저기요, 선글라스 쓴 아줌마 못 보셨어요?"

"못 봤는데?"

"내가 미치겠다. 쪼옴, 빨리 나온나!"

강철의 고함이 점점 절규로 바뀌고 있었다. 아무리 종종 있는 일이라지만 강철은 이상하게 불안했다. 순이가 자신에게서 점점 멀어지고 있다는 생각을 지울 수가 없었다. 강철은 순이가 언젠가 다시는 찾을 수 없는 곳에 꽁꽁 숨어버릴 것 같았다. 수지는 걱정스럽게 강철의 뒤를 따라다녔다. 강철을 만나고 난 뒤 그가 그렇게 걱정하는 모습을 처음 본 수지는 자신이 강철에게 해줄 수 있는 말이 많지 않다는 생각이 들었다.

"여보!"

순이의 목소리였다. 그녀는 건너편 차선을 달리는 버스 안에서 손을 흔들고 있었다. 버스는 신호대기가 풀리자 획 하고 떠났다.

"엄마! 순이 씨."

강철이 버스를 따라 뛰었지만 버스는 서지 않았다. 강철이 떠나는 버스를 허망하게 바라보다가 파출소 앞에 세워둔 오토바이로 전력을 다해 뛰었다. 강철은 시동을 걸고 출발해 뒤따라오던 수지를 태운 다음, 전속력으로 버스를 따라갔다.

잠시 후 강철은 신호대기 중인 버스를 발견할 수 있었다. 하지만 강철이 도착할 즈음 버스는 다시 출발했다. 강철은 오토바이로 버스를 뒤를 힘껏 쫓았다. 버스 측면에 불꽃 축제를 알리는 플래카드가 붙어 있었다. 강철은 속력을 더 내서 오토바이를 버스 옆으로 바짝 붙였다. 차창 너머에서 순이가 즐거운 듯 손을 흔들었다.

"여보! 여보!"

버스와 나란히 달리던 강철의 오토바이가 더욱 속력을 냈다. 반대편 차선의 차량들이 위태롭게 강철의 오토바이를 비껴갔다. 차선이 3차선에서 2차선으로 좁아지는 지점에서 강철은 간신히 버스 앞으로 끼어들 수 있었다. 놀란 버스 기사가 경적을 크게 울렸다. 사이드카에 앉아 있던 수지가 다급하게 뒤에서 달리는 버스를 향해 멈추라고 손짓했다. 버스가 갓길을 물고 멈췄다. 정지한 것을 확인한 강철은 오토바이를 버스 앞에 세웠다. 그는 망설임 없이 버스로 성큼성큼 걸어가 출입문을 "쾅쾅" 두드렸다.

출입문이 열리고 강철이 버스에 올랐다. 버스 기사는 강철에게 뭐라고 하고 싶었지만 그의 번뜩이는 눈에 겁먹어 제지하지 못했다. 수지가 뒤따라 올라와 기사에게 사과했다. 강철은 성큼성큼 걸어가 순이 앞에 멈춰 섰다. 순이의 얼굴이 환해졌다. 그녀는 강철을 보고 빙그레 미소를 지었다.

"여보! 내 마중 나왔어요?"

강철은 아무 말도 하지 않은 채 순이의 천진한 얼굴을 그저 바라보고 서 있었다. 순이를 찾았다는 안도감과 순이에 대한 야속한 마음이 동시에 찾아온 강철의 얼굴이 붉게 달아올랐다. 순이가 강철의 손을 꼭 잡았다.

"당신, 억수로 다정해요."

강철은 순이가 잡은 손에 힘이 잔뜩 들어가는 것을 느꼈다. 안도감은 곧 분노로 바뀌었다. 그는 이를 꽉 깨물었다.

"여보?"

순이는 강철의 얼굴을 빤히 보며 웃었다. 강철은 순이가 잡은 손을 휙 뿌리쳤다. 순이가 놀라며 가늘게 떨었다.

"살자! 어? 내도 좀 살자고!"

강철이 버럭 소리치자 순이가 몸을 웅크렸다. 그의 목소리에 조용한 실내의 승객들이 웅성거리기 시작했다.

"뭐하는 짓입니까?"

남자 승객 하나가 벌떡 일어나며 말했다.

"당신 뭔데?"

다른 승객도 마찬가지였다. 강철은 아랑곳하지 않고 순이의 팔을 잡고 거칠게 입구로 당겼다. 순이는 강철의 힘을 이기지 못하고 발을 끌며 따라갔다. 입구 쪽에 있던 남자 승객이 일어나 강철을 제지했다. 수지는 말리지도 못하고 바라만 보고 있었다.

"누가 경찰에 신고 좀 하세요."

한두 명이 일어서자 승객들이 우르르 일어나 강철의 몸을 잡았다. 강철은 사람들의 손에 이리저리 휩쓸렸다.

"제발 좀 살자! 내도 살자고! 어? 엄마! 제발!"

순간 승객들이 멈추고 어리둥절해하며 강철과 순이를 번갈아 살폈다. 버스 안은 순식간에 고요해졌다.

"081216300812"

정적 속에서 순이의 목소리가 들렸다. 순이는 알지 못할 소리를 반복해 중얼거렸다. 강철의 입술이 부르르 떨렸다.

"엄마, 제발."

순이는 강철을 물끄러미 보면서도 멈추지 않고 숫자를 말했다.

"0812. 여보, 1630."

"아부지 죽었잖아."

"여보."

강철은 순이의 어깨를 잡고 흔들었다.

"뭐가 좋다고 만날 이래 찾는데?"

"여보."

순이의 눈에서 그렁그렁 눈물이 솟아 올라왔다. 강철은 그 눈물을 소매로 닦아냈다.

"엄마는 평생 눈물에 밥 말아 묵고 산 사람 아이가?"

"잘해라!"

순이가 강철을 밀치며 단호하게 말했다.

"엄마 일부러 이러는 거 내가 모를 줄 아나? 비겁하게 내 뒤에 숨어서 왜 아부지 생각 하는데?"

강철은 애원하듯 순이의 어깨를 꽉 잡았다.

"내한테 잘하라고!"

순이는 강철의 손을 뿌리쳤다. 그녀는 단단하게 서서 강철을 노려봤다. 강철은 그녀의 뜨거운 눈동자 속에 비친 자신을 들여다봤다. 순이의 눈에서 자꾸 눈물이 흘렀다.

"내가 약속했잖아. 절대 안 버린다고. 엄마한테 잘한다고 내가 약속했잖아!"

강철은 거의 절규하듯 순이를 보며 말했다.

"잘하라고! 잘하라고! 잘하라고!"

"잘한다고! 잘한다고! 잘한다고!"

모자의 울음 섞인 목소리에 버스의 승객들은 일제히 모자에게 시선을 고정했다. 그 속에는 수지도 있었다. "짝!" 순이가 강철의 뺨을 때렸다. 일순간, 얼음이라도 쏟은 듯 버스 안에 차가운 기류가 흘렀다. 수지는 그 모습에 정신이 멍해졌다.

"보고 싶어. 보고 싶어. 보고 싶어."

순이는 주먹을 쥔채 가슴을 두드리며 말했다. 서서히 무너지는 그녀를 보던 강철의 얼굴에 만감이 교차하는 표정이 지나갔다.

"내도."

서러움이 밀려오는 듯 강철의 목소리가 떨렸다.

"보고 싶다."

강철은 울먹거렸다.

"아부지."

승객들의 시선이 모두 강철에게 쏠렸다. 수지는 그 틈에서 아무것도 할 수 없었다.

"보고 싶다, 아부지. 내도 보고 싶단 말이다!"

"내 버리지 마라. 버리지 말라고!"

순이는 힘없는 목소리로 혼잣말을 했다. 강철이 순이를 꼭 안았다.

"엄마, 안 버린다. 절대, 안 버린다. 절대!"

강철의 손이 순이의 등을 다독였다. 버스 안은 정적만 맴돌았다. 세상의 모든 고요가 찾아온 듯, 무거운 고요 속에서 모자는 서로를 꼭 껴안았다. 차창 밖으로 낮게 깔린 부산의 야경이 보였다. 멀리서 불꽃 하나가 하늘로 꼬리를 그리며 솟아올랐다. 승객들은 입을 다문 채로 저마다 차창 너머에서 솟아오르는 불꽃을 바라보았다.

펑! 큰소리를 내며 집채만 한 불꽃이 터졌다. 승객들이 하나둘씩 탄성을 지르더니 우르르 버스에서 내렸다. 산복도로 아래 부산의 야경 위로 불꽃들이 "펑펑" 터졌다. 불꽃이 터질 때마다 바다가 반짝였다. 승객들 중 누군가 예쁘다며 소리쳤다. 사람들은 아까의 일은 잊은 듯 고개를 들고 입을 벌린 채로 하늘을 수놓은 불꽃에 넋을 놓았다.

휘곤의 병실 창가에 기댄 상곤이 물끄러미 바깥을 바라보았다. 불꽃이 하나 피어오르더니 곧 꽃 모양으로 터졌다. 얼굴에 온통 멍이 든 휘곤이 침대에 누워 끙끙거렸다. 상곤은 휘곤의 신음 소리를 들으면서 어떤 한 시절을 기억했다.

형제가 세상에서 의지할 수 있는 것은 단 둘뿐이었다. 세상은 비정했고 절대로 그들을 받아주지 않았다. 그들이 노력할수록 형세는 점점 이 세상의 어두운 곳으로 밀려났다. 그들에게는 쉽사리 배를 채울 수 있는 여유조차 허락하지 않았다.

형제는 견딜 수 없을 정도로 불안했고, 한번 살아보자는 생각을 했을 뿐이다. 그때부터 형제의 신념은 주지 않으면 빼앗는 것이 됐다. 형제는 세상을 살아가는 것으로 생각하기보다 먹이를 스스로 찾아 먹는 곳으로 인식했다. 그러자 곧 형제는 잘 먹고 살 수 있을 정도의 돈을 가졌다. 그 돈이 어떤 방식으로 그들의 주머니에 들어왔는지는 중요하지 않았다.

쉽게 맛본 만족감은 더 큰 욕심을 낳았다. 형제는 점점 더 많은 것을 소유하고 싶었다. 그 지긋지긋한 가난으로 돌아갈 수도 있다는 생각이 형제의 마음속에 칼을 만들었다. 결국 그들은 다른 사람에게 그 칼을 휘둘렀다. 닥치는 대로, 인정사정 볼 것 없이 그렇게.

수세에 몰린 인간은 필요보다 많은 힘을 내지른다. 처음부터 자신의 앞길을 계획하고 실행해왔던 상곤과 달리 휘곤은 앞뒤 분간 없이 더욱 엇나가기 시작했다. 그에게는 사고의 틀 자체가 없었다. 어느덧 휘곤은 상곤의 품을 벗어나 독자적인 영역을 구축하기 시작했고 상곤은 그게 불안해지기 시작했다.

"해, 해, 행님아."

잠에서 깬 휘곤이 상곤을 불렀다. 창밖을 바라보던 상곤이 다정하게 휘곤을 바라보았다.

"일어났나? 괜찮나?"

"행님아, 행님아."

"와?"

"내는 니가 매일 다정했으모 좋겠다."

상곤은 만감이 교차했다.

"휘곤아."

상곤이 휘곤의 손을 꽉 잡았다. 휘곤의 손에서 온기가 전해졌다. 짐승이 되면 안 되는데, 잔인하고 냉혹할지언정 사람으로 남아야 하는데. 상곤은 걱정스럽게 휘곤의 이곳저곳을 살폈다. 휘곤이 아이처럼 배시시 웃었다.

"아프다, 행님아."

창밖으로 불꽃이 터졌다. "번쩍," 저 멀리 바다가 밝아졌다 어두워졌다.

종수는 미역국에 밥을 말아 꾸역꾸역 먹었다. 환규는 말없이 하늘을 올려봤다. 불꽃들이 "펑펑" 터졌다. 환규는 종수의 지친 모습이 마음에 걸렸다. 그는 자신의 무능이 종수를 괴롭히고 있다는 것을 잘 알고 있었다. 환규에게는 욕심이 하나 있었다. 자신이 하는 일을 종수가 이어 받았으면 하는 욕심이었다. 종수는 수더분하고 착한 아이였다. 환규는 그런 종수가 중학교에 입학하자마자 사신의 일을 가르쳤다. 종수는 다른 꿈을 꾸고 싶었으나 환규의 설득과 강요로 결국 아버지의 일을 도왔다.

"천천히 묵어라. 체하겠다."

"아버지는?"

"묵었다."

환규는 이내 시선을 창밖으로 돌렸다. 커다란 불꽃이 황홀하게 하늘에 만개했다가 곧 사라졌다. 종수는 여전히 꾸역꾸역 입안으로 밥을 퍼 넣었다. 사고가 난 것은 종수가 중3 때였다. 프레스기를 손보던 환규가 무심코 운전 버튼을 누른 바람에 옆에서 구경하던 종수의 손이 그대로 딸려 들어갔다. 종수의 고사리 같던 손가락이 줄줄이 잘려나갔고, 그 후로 종수는 내내 사고가 난 손에 깁스를 하고 다녔다. 감추고 싶었지만 감출 수 없었다. 종수는 그 이후 늘 위축되어 살았다. 고등학교 2학년, 종수는 학교를 그만두고 상곤이 운영하는 일식집에 제 발로 찾아갔다. 가난과 환규의 욕심이 만든 과오였다.

"아들, 늦었지만 생일 축하한다."

한규가 창밖을 보며 밥을 먹는 종수에게 다정하게 말했다. 밥을 억지로 밀어넣던 종수의 목이 메어왔다.

"아부지, 맛있다. 억수로, 억수로 맛있네."

"미원 넣었다."

환규는 차분하게 웃었다. 종수는 울음을 참으며 억지로 밥을 삼
키고 나서 하늘을 봤다. 불꽃들이 깜깜한 하늘에서 펑펑 터졌다.

버스가 떠난 자리에 모자가 앉아 말없이 불꽃을 바라보고 있었
다. 불꽃이 터지면서 순이의 눈동자가 잠깐 밝아졌다. 순이가 차
분하게 입을 열었다.

"여보, 소원이 있는데."

"뭔데?"

"내 꼭 우리 철이 신세 갚고 갈게요. 그래도 되죠?"

강철이 순이의 손을 꼭 잡았다.

"응, 된다. 내가 꼭 그래줄게."

"고마워요."

수지는 모자와 거리를 두고 서서 하늘을 올려다봤다. 연이어 올
라오는 불덩어리들이 보였다. "펑! 펑! 펑!" 세상이 환해졌다가 다
시 어두워졌다. 수지는 모자를 다시 바라보고 돌아섰다. 그 뒤로
풍경처럼 불꽃이 쏟아져 내렸다. 세상은 금방 시끄러워졌다. 수지
는 세상이 온통 여러 가지 소리로 이루어져 있는 것 같다는 생각
이 들었다.

순이의 얼굴을 보는 강철의 마음이 울렁거렸다. 낮게 엎드린 집들도 꼭 무슨 말을 하고 있는 것같이 보였다. 불꽃이 터질 때마다 작은 불빛이 촘촘히 붙어서 소곤소곤 풍경을 만들고 있었다.

사람들은 저마다 희망을 찾지만 모두 가슴속에는 외로움 하나를 가지고 살아간다. 강철은 그것을 믿지 않았지만 어렴풋이 사실임을 깨닫고 있었다. 그러나 그것이 사실이든 아니든 그런 감상이야 지금은 잠시 뒤로 젖혀두자고 생각했다. 지금은 하늘을 수놓는 불꽃을 보며 가끔씩 발을 움직이고 손을 움직이는 순이와 함께할 수 있다는 사실에 감사해야겠다고 다짐했다. "펑! 펑!" 불꽃이 하늘에 차올랐다. 강철은 불꽃이 하늘에 퍼질 때마다 더욱더 순이의 존재를 느끼려고 애썼다.

우연히 안녕

1

침대 위에 누운 순이가 빠르게 투석실로 향했다. 순이는 누에처럼 몸을 웅크리고 침대 위에 누워 있었다. 강철은 그런 순이가 꼭나비가 되었으면 좋겠다고 생각했다. "이해해." 강철이 태어나서 들은 가장 따뜻한 말이었다. 순이는 강철에게 그 말을 자주 해주었다. 일곱 살의 한여름 강철은 강가에 앉아 있었다. 며칠 동안 내리던 비로 강은 그의 발아래까지 차올라 흐르고 있었다. 흙탕으로흐르는 강. 그 강가에는 8월의 무더운 바람이 조금 불 뿐이었다. 강철은 그 여름만큼 뜨거운 유골함을 품에 끼고 앉아 하늘을 물끄러미 바라보고 있었다.

유골함 속에는 아빠가 있었다. 둘러앉은 모든 사람들이 슬픔에

동참하고 있었다. 아빠의 뼈를 부수던 분골실에서 강철은 아빠를 훔치기로 결심했다. 구석에서 하염없이 눈물을 흘리던 순이를 위해서였다. 장례식장은 순이의 슬픔을 달래주기 위한 곳이 아니었다. 화장터에서 아빠를 부르며 사람들이 울고 있던 그 와중에 강철은 아빠의 유골함을 들고는 순이의 손을 이끌고 그대로 택시를 타버렸다. 그래서 도착하게 된 것이 그 강이었다.

모든 것이 의도한 것과는 다르게 흘러갔다. 아주 우연히 그 강에 도착했고, 마침 눈앞에서 강물이 출렁였고, 그 소리가 꼭 다른 세계에서 나는 소리 같았다. 당시에는 그 풍경들을 전혀 눈여겨보지 않았는데, 기억 속에서는 그 장면이 너무도 선명했다. 한참이 지난 후 기억 속에서 그 무더운 풍경에 감각까지 더해서 생각나게 될지는 꿈에도 몰랐다. 어깨를 타고 흐르는 나른한 여름의 바람. 강철은 거기에 앉아서 또 혼자가 될지도 모른다는 생각을 했다. 참았던 울음을 터뜨렸다. 그때 순이가 강철의 손을 잡아줬다. 이해한다는 말과 함께.

강철은 또 우연에 대해서 생각했다. 어린 시절에는 누구나 한 번쯤 생각하게 된다. '나는 어디에서 왔을까?' 인간이 맨 처음 태어났을 때, 불을 발견하고 비로소 혼자가 아니라는 것을 알았을 때, 그때부터 강철의 탄생은 계산되어 있었는지도 모른다. 공식처럼 최초의 남녀가 만나고, 한 인류학자의 말처럼 기계적인 진화에

진화를 거쳐 할아버지가 태어나고, 할머니와 만나고, 아버지가 태어나고, 어머니와 만나고, 마침내 강철이 태어났다. 그렇다면 운명은 분명히 존재하는 것이나. 아니면 모든 것이 우연이거나.

실제로 세상은 우연으로 가득 차 있는 것이다. 우연에 우연이 더해지고, 또 우연히, 우연하게, 우연스럽게 어떤 이를 만나고, 그 결론으로 다른 일이 생겨나는 것이다. 그렇기 때문에 사람은 태어나서 많은 갈래를 겪게 된다. 한번 결정한 것은 절대로 되돌릴 수 없다는 법칙을 가진 이 갈래는 선택을 하면 새 삶을 바닥에 깔아준다. 단 우연의 법칙에 따라서. 우연히 한 선택에 따라 펼쳐지는 전혀 다른 재질의 삶. 그것들을 모두 합쳐서 이어 붙이면 인생이라고 말할 수 있지 않을까? 다시 누군가를 잃을 뻔했다는 것은, 강철에게 누군가를 잃은 것보다 더 힘든 경험이었다. 아마도 순이가 병에 걸렸다는 말에 화가 난 것도 그런 이유에서일 것이다. 무책임한 것들이 주는 폭력성. 강철은 그것이 제일 견디기 힘들었다.

강철이 순이를 뒤따르다 휴게실 앞에서 멈춰 섰다. 그는 휴게실 창을 통해 순이가 투석받고 있는 것을 물끄러미 바라보았다. 쉼없이 돌아가는 투석기가 순이의 피를 걸러 잠시 생명을 연장시키고 있었다. 순이는 피로한 모습으로 투석기가 공급하는 피를 온몸으로 받아냈다. 인기척이 나며 누군가의 손이 강철의 어깨를 감쌌다. 휘곤이었다. 몇 명의 남자들이 우르르 휴게실 안으로 들어왔다. 맨 뒤에 들어온 아디다스가 휴게실 문을 잠갔다.

"수술 꼭 시켜드려야지. 걱정 마라. 입금했다."

휘곤은 씩 웃으며 강철의 어깨를 감싼 손에 힘을 꾹 주더니 가볍게 툭 치고 문으로 향했다. 그는 팔짱을 끼고 강철을 노려봤다.

"아, 맞다. 니 요새 연애하드라. 그래가지고 일이나 제대로 하겠나? 일만 생각하게 내가 정리 함 해주까?"

둘의 시선이 마주쳤다. 강철의 얼굴이 일그러졌다.

"맞네."

"뭐가?"

"양아치."

휘곤은 잭나이프를 꺼내 들고 지체 없이 강철에게 다가가 멱살을 잡았다. 휘곤은 강철을 찌르지 못하고 칼을 쥔 손에 힘을 줄 뿐이었다.

"와? 겁 묵었나? 자신 있으면 내 담그고 니가 함 해보든가? 아니믄 느그 조직 똘마니를 쓰던가? 아니지. 조직 애들 썼다가 안 되면 독박 쓰고 인생 종칠까봐 쫄아서 내 쓰는 긴데. 니가 내를 우째 죽이긋노?"

휘곤의 손에 들린 잭나이프가 부르르 떨렸다. 휘곤이 강철을 노려봤다.

"폼 잡지 마라. 양아치 새끼야."

강철은 휘곤이 잡고 있던 멱살을 풀고 휘곤을 밀었다. 휘곤의 칼이 바닥으로 떨어지며 휘곤이 쭉 밀려났다.

"털끝 하나라도 건들면 느그는 다 내 손에 죽는다."

휴게실을 나서는 강철을 휘곤은 어이없다는 듯 바라보았다. 아디다스를 비롯한 무리들과 시선을 마주친 휘곤이 바닥에 침을 뱉었다.

"하 띠, 띠발 새끼."

휘곤은 애써 태연한 척 헝클어진 옷을 정리했다.

상곤은 삼광선박 근처에 낚시 의자를 펴놓고 앉아 낚시를 하고 있었다. 상곤은 낚싯대는 거들떠보지도 않고 멀리 수평선에 노을이 내려앉는 것을 물끄러미 보고 있었다. 찌가 움직였지만 상곤은 꼼짝 않고 노을만 감상할 뿐이었다. 뒤에는 폴로가 손을 모으고 서 있었다. 해가 천천히 지기 시작하면서 바다를 붉게 물들었다.

"간만에 머리 식힐라 했는데 영 파이네."

순간, 괴한 두 명이 칼을 손에 들고 상곤에게 달려들었다. 폴로가 재빨리 상곤을 막아서며 달려든 한 명의 다리를 걸었다. 폴로는 빠르고 정확한 동작으로 허리춤에서 칼을 꺼내 넘어진 괴한의 배에 꽂았다. 괴한 한 명이 비명을 지르는 동안 다른 한 명이 벌벌 떨며 그 앞에 서 있었다. 상곤은 아랑곳하지 않고 바다만 바라보았다. 괴한의 배에 꽂힌 칼을 잡고 있던 폴로가 칼을 빼내자 괴한이 피를 뿜으며 고통스럽게 뒹굴었다. 폴로는 벌벌 떨고 있는 다른 괴한의 옆구리에 능숙하게 칼을 박아 넣었다. "컥" 소리를 내며 칼을 맞은 남자는 몸부림을 쳤다.

"겁을 주네. 이기 진짜일 리는 없고. 가보자, 한번."

바다를 보던 상곤이 담배를 꺼내 물며 말했다. 상곤의 등 뒤에서 폴로가 쓰러진 괴한 둘을 차곡차곡 자동차 트렁크에 구겨 넣었다.

2

'회는 역시 부산! 배 터지게 먹다 가요'

'재경, 혜지 우린 오늘 금메달 땄다'

'부산 2일차. 해운대 날씨가 우리의 발목을 잡았다'

'부산 안녕, 우철, 현두, 좋은 사람들. 또 오자'

'안녕? 안녕! 안녕'

수지는 데스크 근처 포스트잇 게시판에 붙어 있는 사람들의 친필 사연들을 빼놓지 않고 모두 읽었다. 수지가 사인펜을 꺼내 들고 앞에 놓인 포스트잇에 글자를 적어내려가기 시작하는데, 앞으로 사탕 하나가 툭 떨어졌다.

"여기 있는 줄 어떻게 알았대?"

수지는 뒤도 돌아보지 않고 말했다.

"휠 가는 대로. 수지야, 오토바이 가르쳐줄게. 밖으로 나온나."

강철은 수지를 사이드카에 태우고 송도 해수욕장으로 향했다. 해수욕장에서는 관광객 몇 명이 사진을 찍으며 놀고 있었다. 강철은 모래사장에 오토바이를 세웠다. 수지가 가뿐하게 사이드카에서 뛰어내렸다. 강철은 수지에게 운전석에 앉으라는 시늉을 했다.

"안 가르쳐 줘?"

"휠 가는 대로 해라."

수지가 운전석에 앉자 강철이 자신이 쓰고 있던 헬멧을 수지에게 씌웠다.

"출발."

강철이 오토바이를 툭툭 치며 말했다.

"진짜 출발? 나 처음인데?"

"괜찮다. 휠 가는 대로 하라니까. 출발!"

수지는 조심스럽게 액셀을 당겼다. 오토바이가 한 번 덜컹거렸다. 수지는 겁먹은 기색도 없이 다시 천천히 액셀을 당겼다. 오토바이가 천천히 앞으로 나가고 강철은 수지가 자신에게서 멀어지는 것을 물끄러미 바라보았다.

"그만 가고 이쪽으로 온나."

강철이 손을 흔들며 말했다. 수지는 비틀비틀 방향을 틀어 천천히 강철에게 돌아오더니, 다시 방향을 틀어 멀어졌다. 수지가 모는 오토바이는 어느덧 원을 그리며 송도 해수욕장을 돌았다. 그녀는 즐거운 얼굴로 오토바이에 앉아 부지런히 핸들을 틀었다. 팔짱을 끼고 수지를 바라보던 강철 앞에 주변을 맴돌던 오토바이가 천천히 멈췄다.

"잘하네."

강철이 막 오토바이를 멈춘 수지에게 말했다.

"원래 내가 뭐든 잘하거든."

수지는 오토바이에서 내려 미소를 지으며 강철에게 다가왔다.

"너 내 대답 들으러 왔지?"

"아니, 혼자 가라."

수지의 표정이 진지해졌다.

"무슨 뜻이야?"

강철은 빙그레 웃기만 했다. 수지는 가만히 서서 강철의 표정을 살폈다.

"그냥 혼자 가라고."

수지는 잠시 생각했다. 강철의 말에서 여운이 느껴졌다. 가까운 해변까지 파도가 밀려왔다.

"그냥?"

강철이 고개를 끄덕였다.

"그래, 그냥."

"그냥?"

수지가 강철 쪽으로 한 걸음 옮겼다. 둘 사이가 좁혀지며 강철의 얼굴이 더 가깝게 보였다. 강철의 얼굴에 짙은 그늘이 져 있었다.

"진짜 그냥?"

"응. 그냥."

강철은 돌아서더니 오토바이로 향했다. 강철이 운전석에 앉으려는데 수지가 다가왔다. 수지는 반복해서 강철을 발로 찼다. 강철은 아무 말 없이 맞기만 했다. 한동안 강철을 발로 차던 수지는 동작을 멈추더니 강철의 얼굴을 살폈다.

"힘들다."

강철이 뱉어내듯 말을 던졌다. 그 말이 툭, 하고 수지의 마음을 건드렸다.

"거짓말."

강철이 고개를 저었다. 그는 한숨을 깊게 쉬더니 미소를 지었다. 어딘지 그늘이 진 표정이었다.

"진짜다. 잘 가라."

강철은 운전석에 앉아 시동을 걸고 출발했다. 사이드미러로 멀어지는 수지가 보였다. 수지는 빠른 속도로 멀어지는 강철을 그저 바라만 보고 서 있었다. 바람이 불었고, 수지의 머리카락이 흔들렸다.

"얼음!"

수지는 멀어지는 강철의 등에 혼잣말을 했다. 멀어지던 강철의 오토바이가 멈췄다. 꽁꽁 얼어 있는 듯한 두 사람의 공간을 파도 소리가 밀고 들어왔다. 둘은 아무것도 할 수 없었다. 오직 움직일 수 있는 것은 바람과 파도뿐인 것처럼. 침묵의 균형을 무너뜨린 것은 강철이었다. 강철은 오토바이를 몰고 서서히 수지에게서 멀어졌다. 수지는 자신이 이 세상에 정말 혼자 남은 기분이었다.

3

수지와 헤어지고 강철은 순이가 입원해 있는 병원으로 발걸음을 옮겼다.

"얼음."

강철은 대기실에 앉아 텔레비전 앞에서 멍하니 앉아 수지의 마지막 말을 곱씹고 있었다.

대기실에는 다른 보호자들도 텔레비전을 보고 있었다. 모두 자신이 데리고 온 환자의 투석이 끝나기를 기다리는 사람들이었다.

그들은 맥없이 침울한 낯으로 소리도 잘 들리지 않는 드라마 재방송을 보고 있었다. 대기실의 모든 사람들은 그런 방식으로 각자의 삶 앞에 침묵하고 있었다.

"김순이 씨 보호자 되시죠?"

사무적으로 차트를 넘기며 피곤한 얼굴을 한 의사가 강철 앞에 섰다. 강철이 고개를 끄덕이자, 삐쩍 마른, 광대뼈가 유난히 도드라진 의사가 아주 건조하게 고개를 끄덕이더니 강철에게 상심이 크겠다고 말했다. 그러고는 그가 내민 손을 강철이 맞잡았는데, 그가 너무 오래 잡고 있는 통에 강철은 그 손을 어떻게 빼야할지 몰랐다. 의사가 손을 빼고는 앞주머니에 꽂힌 볼펜을 꺼내 차트에 뭐라고 적었다. 강철은 의사가 이야기하는 것을 불안한 마음으로 경청했다. 순이에게 남은 시간에 관한 이야기였다.

강철은 병원 옆에 있는 작은 공원으로 나왔다. 바람이 아직 쌀쌀했다. 겨울과 봄의 경계에서 사람들이 몸을 움츠리며 공원에 앉아 시간을 보내고 있었다. 대부분 환자들과 환자들의 보호자들이었다. 갑갑하고 좁은 병실에서 하루 종일을 보내는 그들에게 이 작은 공원은 신기루 같은 곳이었다. 강철도 병원에 올 때마다 이곳에 들러 시간을 보냈다. 그는 공원의 한가로움이 좋았다. 공원에서 만큼은 무거운 짐을 잠깐이나마 내려놓을 수 있었다. 노부부가 치렁치렁 각종 수액을 달고 있는 휠체어를 밀며 강철 앞을 지나갔다. 휠체어에 앉아 있는 할아버지와 휠체어를 미는 할머니의 표정이 편안해 보였다. 엄마가 병원 침대에 누워 있는 걸 보는게 강철은 늘 고역이었다. 강철에게 병원은 희망이기도 했지만 절망이기도 했다. 강철은 침대에 누운 엄마 옆에서 돌아가는 혈액투석기를 바라보고 있노라면 언제나 건강했던 엄마의 모습이 떠올랐다. 순이도 한때 바늘도 들어가지 않을 것처럼 단단했던 시절이 있었다. 삶과 죽음의 경계에 놓은 순이를 위해 강철이 할 수 있는일은 그저 함께 그 시간을 견디는 일 밖에 없었다. 강철은 그게 너무 힘들었다. 언제나 힘이 되어 주던 순이를 위해 자신이 할 수 있는 게 많지 않다는 것.

공원에서 놀던 아이들이 놓친 공이 강철의 앞으로 굴러왔다. 아이 하나가 강철 앞으로 뛰어온 아이가 해맑은 얼굴로 강철에게 꾸벅 인사를 하더니 공을 가지고 뛰어갔다. 강철은 문득 어린 시절 기억 한토막이 떠올랐다. 강철은 아직도 그날을 생생히 기억했다. 아침부터 강철은 반찬투정을 하고 있었다. 한 번도 한 적이 없던 일이라 순이와 강철의 아빠는 속이 상했다.

"만날 이런 거뿐이고? 치아라 묵기 싫다!"

순이가 아무리 달래도 강철은 도무지 말을 듣지 않았다.

"아빠가 강철이 밥 다 먹으모 이 사탕 줄게. 강철이 막대사탕 좋아하제? 이거 미제다. 맛있겠제?"

평소 같으면 사탕 하나에 울음을 뚝 그치던 강철이었다.

"됐다. 안 묵을 끼다. 종수가 사탕 그거 미제 아니라 하더라!"

옆에서 이 상황을 보고 있던 순이는 슬슬 화가 나기 시작했다.

"우리 강철이 밥 잘 묵고 엄마 말 잘 들으모 아빠가 장난감 사줄게. 그러니까 이제 그치고 밥 묵자 응?"

"아빠는 만날 거짓말만 한다 아이가. 인자 아빠 안 믿을 끼다."

강철은 울음을 그치지 않았고 순이는 결국 매를 들었다. 자상하고 다정한 아빠였다. 순이는 그런 아빠에게 버릇없게 구는 강철의 버릇을 고쳐놔야겠다고 작정했는지 살갗이 터질 때까지 강철의 종아리를 때렸다. 아침도 안 먹고 방에서 울고 있는 강철에게 다가온 아빠는 강철의 머리를 쓸며 지금 장난감을 사오겠다고 약속했다.

"아빠는 거짓말쟁이 아이다."

아빠는 강철의 방문을 나서며 강철에게 찡긋 윙크를 하며 말했다. 강철은 아빠가 돌아오기 만을 기다리며 거실에 엎드려 딱지를 접었다.

저녁 늦게서야 전화벨이 울렸다. 주방에서 점심을 하고 있던 엄마가 전화를 받자마자 그 자리에 주저앉았다. 허겁지겁 옷을 갈아입은 엄마가 강철의 옷을 입혔다.

"어디 가는 기가?"

강철이 묻자 엄마는 대답 없이 강철의 옷을 마저 입혔다. 강철은 엄마를 따라 집에서 나와 시외버스 터미널에서 하염없이 버스를 기다렸던 일과 마침내 도착한 버스 안에서 어두운 얼굴로 창밖을 바라보던 남자들의 모습을 여전히 생생하게 기억했다. 엄마는 버스 의자에 강철을 앉히고 미리 사둔 멀미약을 먹였다. 첫맛은 달고 끝맛이 쓴 멀미약을 목으로 넘기며 강철은 엄마가 평소와는 좀 달라서 불안했다. 강철이 거의 어른이 돼서야 그날 엄마와 탄 버스가 김해행이었다는 것을 알았다. 김해로 가는 버스 창으로 보이는 바깥 풍경은 너무나 고요해 보였다. 강철은 차창 밖으로 지나가는 코스모스와 길을 끼고 흐르는 강과 내내 고개를 숙이고 있는 엄마를 번갈아 봤다. 유달리 코너가 많은 길, 그 위를 달리는 버스 안에서 엄마와 강철은 버스와 함께 흔들렸다. 강철은 김해에 도착할 때까지 다 마신 멀미약병을 쥐고 있었다. 늦은 점심 즈음 버스에서 내린 강철은 순이와 함께 택시를 탔다. 담배 쩐 냄새가 지독했던 택시는 강철과 엄마를 병원에 내려줬다.

　순이와 강철은 긴 복도를 따라 걸었다. 복도에서 소독약 냄새가 진하게 풍겼다. 복도 양쪽으로 수십 개의 문이 있었고 그 앞에 빽빽하게 적힌 사람들의 이름들이 있었다. 더러 열려 있는 병실 문틈으로 누워있는 환자들이 보였다. 환자들은 전염이라도 된 듯 모두 같은 표정을 하고 있었다. 중환자실. 강철의 손을 쥐고 있는 순이의 오른손에 힘이 실렸다. 간호사가 병실 문에 붙어 있는 여섯 명의 이름 중의 하나를 빼서 돌아갔다. 순이는 결심한 사람처럼 굳게 입을 다물고 병실 문을 열었다. 병실은 6인 실이었는데 다섯 명의 환자가 병상에 누워 있었다. 침대들은 창을 중심으로 좌우 벽으로 놓여 있었고 좌측 벽의 중간 침대가 비어 있었다. 병실에 있는 모두가 빈 침대를 바라봤다. 빈 침대는 시든 화분처럼 묵묵히 놓여 그들의 시선을 받고 있었다. 강철은 그 침대가 꼭 구멍 같았다. 엄마는 오른쪽 벽 창가에 있는 침대로 강철을 이끌었다. 침대 위에 눈을 뺀 나머지가 하얀 붕대로 감겨 있는 남자가 누워 있었다.

"누구야?"

"느그 아빠다."

힘겹게 말을 마친 순이가 결국 눈물을 흘렸다. 소리도 없이 고요하게 울었다. 엄마는 침대 가장자리를 꼭 쥔 채로 한참을 말없이 울었다. 붕대를 감은 남자는 각종 기계를 몸에 치렁치렁 매달고는 눈을 감고 조용히 자고 있었다. 순이는 남자의 손을 감싸고 있는 붕대를 쓰다듬었다.

"강철아."

"와?"

"아부지 사고 나서 지금 많이 아프다. 니가 빨리 나으세요, 해라."

엄마가 강철에게 말했다.

"왜 사고 났는데?"

"김해에 볼 일이 있어서 가다가 차사고 났단다."

"빨리 나으세요. 아빠는 거짓말쟁이가 아니에요."

그렇게 말하고도 강철은 붕대를 감고 있는 남자가 아빠라는 것을 받아들일 수 없었다. 그곳에 자신이 알고 있던 아빠는 없었기 때문에. 믿을 수 없기 때문에 그래서 울지 않았는지도 모른다. 아빠는 하루를 버티지 못하고 영안실로 내려갔다. 염을 하고 입관을 하고 나서야 강철은 그게 아빠라는 것을 받아들였다. 부산에 있는 거의 모든 대형 완구점을 돌다가 김해까지 가서 구한 장난감을 장례식 마지막 날 강철은 받을 수 있었다. 장난감을 받아들고 울고 있는 강철의 옆에 엄마가 앉았다.

"고맙습니다, 해야지."

"고맙습니다."

"강철아 아빠는 니 탓이 아니다. 알제?"

그날부터 강철은 순이를 보호해야 한다는 생각을 어렴풋하게나마 가지게 되었다. 그래서 세상에 둘밖에 남지 않았다는 생각으로 이를 악물고 엄마와 함께 버티기 시작했다. 그런 엄마가 기계에 의존해서 살아갈 수밖에 없다는 것은 순이에게 남은 시간이 얼마 남지 않았다는 것을 의미했다. 떠나는 수지를 잡지 못한 것도 지금 강철에게 엄마가 더욱 절박했기 때문이다.

해가 서서히 지고 있었다. 강철은 어느새 텅 빈 공원을 둘러봤다. 그는 엄마가 있는 병실로 걸어가기 시작했다.

4

수지는 무작정 게스트하우스를 나섰다. 행선지도 계획도 없는 출발이었다. 순전히 우연에 기댄 채로 자신의 발걸음에 몸을 맡기고 집을 나섰다. 처음부터 오로지 조금 더 괜찮은 삶을 위해 찾아 시작한 여행이었다. 수지는 게스트하우스를 나서며 강철과 주고받은 말들을 생각했다. 반드시 애초에 시작한 여행의 이유를 찾고 싶었다. 게스트하우스 파라솔에 앉아 잠깐 시간을 보내는 동안에도 강철은 자신을 찾아오지 않았다.

수지는 동래 시장에 들러 봄에 입을 옷 한 벌과 더 큰 가방 하나를 사서, 들고 있던 물건들을 차곡차곡 새 가방에 넣었다. 그리고 부산역 대합실로 들어섰다. 그녀의 발걸음은 매표소 앞에 머물러 있었지만 가야 할 목적지는 아직 없었다.

어디로 가야 하나? 수지가 입술을 내밀고 표를 사는 사람들을 찬찬히 살펴봤다. 모두 목적지가 확실한 사람들이었다. 앞줄부터 승차권이 예매되고 있었다. 매표소 앞에 승차권을 사기 위한 행렬이 길게 늘어서 있었다. 수지는 갈 곳을 정하지 못한 채로 행렬을 따라가 어느 길게 늘어 선 줄 뒤에 섰다. 평소였으면 지루하게도 줄어들지 않던 줄이 한 걸음, 두 걸음씩 줄어들더니 어느새 창구 앞까지 다가섰다.

"어디든 돈 되는 대로 주세요."

만 원짜리 한 장을 내민 수지가 말했다. 역무원이 황당하다는 듯 수지를 보았다. 수지는 그를 향해 방긋 웃었다. 잔돈 몇 개와 표 한 장이 개찰구에서 나왔다. 수지는 표를 받고 부산역 대합실에 앉았다. 수지는 스스로 어디로 가도 좋다고 생각하며 표를 확인하지 않았다. 갈 곳은 늘 많았다. 그저 발길이 닿는 곳으로 가면 그뿐이라고 그녀는 생각했다. 부산역의 소음 속에서 그녀는 고요하게 앉아 자신의 생각에 빠졌다. 문득 한 단어가 떠올랐다.

'힘. 들. 다.'

십오 분 지나고 나서, 그녀는 강철에게 했던 말이 지독한 잘못을 저지른 것이라는 사실을 깨닫게 되었다. 그녀는 자신이 느끼는 만큼 강철의 삶도 바뀌었으면 좋겠다고 생각한 것이다. 그만큼 그녀의 실수는 강철은 크게 흔들었다. 수지는 강철에게 '힘들다'라는 말을 알려준 자신이 밉고 원망스러웠다. 언젠가 꼭 그를 다시 만나게 되면 사과하고 책임져야겠다고 그녀는 결심했다. 그리고 그녀는 새로운 목적지를 정했다. 언제 어디서든 강철을 다시 만날 수 있는 곳까지만 갔다가 강철에게 다시 돌아올 수 있는 곳이 바로 다음 여행의 목적지였다. 수지는 기차표를 확인하고 시간을 확인한 다음 기차가 들어올 플랫폼으로 발걸음을 옮겼다.

오사카산 마구로

1

액자 속 사진에는 단란한 가족이 있었다. 마치 불행이라는 단어는 들어본 적도 없다는 듯, 행복한 표정이었다. 사진 속에서 어린 강철은 잠자리채를 들고 환하게 웃었다. 아빠의 얼굴은 너무 닳아 알아볼 수 없었다. 순이는 액자 유리를 후 불어 오래오래 정성스레 닦았다. 잘 닦인 액자에 강철의 얼굴이 반사되어 힐끗 보였다. 강철은 병실 침대에 앉아 액자를 쓰다듬는 순이의 머리를 정성들여 빗겼다. 순이는 사진 속 시간에서 빠져나오지 못하고 있는 듯 얼굴에 행복한 미소를 지었다.

"엄마, 우리 그냥 같이 죽을까?"

강철이 빗을 내려놓고 슬쩍 웃으며 말했다. 창문에서 오후의 쨍

쨍한 햇살이 쏟아져 들어와 순이의 얼굴을 환하게 비췄다. 병실 바깥으로 휠체어를 탄 노인이 느리게 지나갔다.

"니나 죽어라. 내는 살아야 된다."

'오사카 산 마구로 부산 도착'

상곤의 메시지였다. 강철이 빗을 집어 순이의 머리를 마저 빗겼다.

"내일이 수술인데 오랜만에 오늘의 수업 함 하까? 엄마 이름이 뭐고?"

사진을 보던 순이가 물끄러미 강철을 바라보았다. 액자 속의 가족은 여전히 웃음을 잃지 않고 있었다.

"니 이름은?"

"어? 내 이름? 엄마 니 내 이름 아나?"

"성은 강, 이름은 철, 강철."

"그래. 성은 강, 이름은 철. 잘 아네."

강철의 휴대폰 진동이 울렸다. 그는 받지 않고 그냥 밀어뒀다. 강철은 순이를 보며 환하게 미소 지었다.

"엄마, 내 잠깐 나갔다 올게."

강철은 자리에서 일어나며 순이의 머리를 한 번 더 다듬었다. 비행기가 낮게 나는 소리가 병실로 쏟아져 들어왔다. 강철은 절망 끝에 서 있는 기분이었다. 하지 못한 말들을 뒤에 세워놓고 손끝으로 만져지는 침묵의 깊은 낭떠러지에 서 있는 것 같았다.

그러니까 보이는 것 같았다. 병실 안에 누워 있는 환자들이 햇빛을 받아 반짝였다. 입술을 꼭 깨물고 고개를 떨어뜨린 사람들이 강철의 눈에 들어왔다. '다들 사연이 있었지.' 강철은 생각했다. 불현듯 병이 들어버린 남자와 아이를 잃고 병을 얻은 노인 그리고 아내가 죽고 나서부터 걸을 수 없게 된 중년 남자도 순이와 같은 병실에 있었다.

그들은 하나같이 모두 침묵했다. 그들끼리의 소통은 위로의 눈길과 직감이었다. 그들은 세상 구성원 중 하나이면서 아무것도 아닌 것들이 되었다. 쉽게 말해 그들이 있어도, 없어도 세상이라는 큰 틀은 바뀌지 않았다. 다만 그들은 조금씩 퇴화할 뿐이었다. 회색빛이 짙게 깔린 병실을 슬쩍 둘러보다가 강철은 떨어지지 않는 걸음을 간신히 옮겨 밖으로 나갔다.

종수는 환규의 사무실에서 부지런히 전화를 받았다. 그는 통화하는 내내 화이트보드에 거래처 전화번호를 적었다. 전화를 끊은 그는 익숙한 엔진 소리에 본능적으로 고개를 돌렸다. 강철의 오토바이가 입구로 들어왔다. 종수는 화들짝 놀라 책상 아래로 숨었다. 오토바이가 멈추더니 강철이 사무실로 들어왔다.

"아무도 없나."

종수는 책상 아래 엎드려 자신 앞을 지나가는 강철의 다리를 발견하고 더 몸을 움츠렸다. 종수는 가만히 강철이 뭔가 하는 소리에 귀를 기울였다. 강철이 한숨을 푹 쉬더니 사무실을 빠져나가는 듯했다. 이내 오토바이 시동 소리가 들렸고, 그 소리가 점점 멀어졌다. 종수가 땀을 뻘뻘 흘리며 책상 아래에서 나왔다. 그는 점점 멀어지는 엔진 소리를 따라 입구로 시선을 돌렸다. 종수는 처진 어깨로 돌아서다가 뭔가를 발견하고 그 자리에서 서서 엉엉 울었다.

"씨발, 씨발."

종수의 울음에서 탄식에 가까운 소리가 섞여 나왔다.

'숨지 마라, 친구야. 우리 엄마 좀 부탁하자.'

종수가 발견한 것은 강철이 화이트보드에 써놓고 떠난 메모였다. 종수는 이제 들리지도 않는 강철이 탄 오토바이 소리 쪽으로 몸을 돌려 한참을 엉엉 아이처럼 울었다.

2

'김복심 여사의 고희를 축하드립니다'

코모도 호텔 정문에 걸린 플래카드가 바람에 펄럭였다. 호텔 직원 몇이 바람에 펄럭이는 플래카드를 불안해하며 보고 있었다. 바람이 많이 불어 몇 번 떨어진 플래카드를 다시 다느라 호텔 직원 몇은 이미 녹초가 돼 있었다. 호텔 로비에서부터 청소를 하는 인원들로 분주했다.

"저거, 저거 좀 치우라고."

상곤이 땀을 뻘뻘 흘리며 서 있었다. 오전부터 시작한 청소는 몇 시간이 지나도 끝나지 않았다. 상곤이 주위를 둘러봤다. 로비 대리석 바닥이 번쩍번쩍 빛났다.

"씨발."

상곤이 담배를 꺼내 물자 옆에 있던 직원이 얼른 불을 붙였다. 상곤은 담배를 태우며 호텔 입구 여기저기를 살폈다. 열흘을 준비했지만 도무지 정리가 되지 않는 기분이었다. 상곤이 시계를 봤다. 아직 30분 정도가 남아 있었다. 상곤은 호텔 직원을 불러 로비 대리석 바닥을 한 번 더 닦으라고 지시했다. 지시를 받은 직원들이 일사분란하게 밀대로 바닥을 닦았다.

"이게 무슨 지랄이고."

상곤은 담배를 바닥에 탁 버렸다. 직원 하나가 달려와 바닥에 던져진 담배꽁초를 집어 들고는 어디론가 사라졌다. 아무래도 마음에 들지 않았던지 코모도 호텔 정문에 걸린 플래카드를 상곤은 못마땅하게 올려다봤다. 상곤은 시계를 보더니 지배인을 불러 종업원들에게 도열할 것을 지시했다. 그는 자신의 옷매무새도 정리

하고 도열한 종업원들 앞에 두 손을 모으고 섰다. 정각이 되자 정문에서 몇 대의 벤츠가 들어오는 것이 보였다. 벤츠는 속력을 맞춰 줄지어 호텔 쪽으로 향하고 있었다. 줄줄이 들어온 벤츠가 호텔 로비 앞에서 일제히 멈추자 도열한 종업원들과 상곤이 고개 숙여 인사했다. 야가미의 가족들이 웃으면서 호텔로 들어갔다. 보디가드 네 명이 바짝 붙어 야가미의 가족들을 경호했다. 야가미가 호텔에 들어가자 상곤이 고개를 들고 폴로를 바라보았다. 폴로가 고개를 끄덕였다.

강철은 주차장 계단을 내려갔다. 천장으로 노출된 배선들과 양쪽으로 걸려 있는 조명 때문에 바닥에 강철의 그림자가 짙게 드리워졌다. "텅텅," 철제 계단을 밟는 소리가 주차장에 울려 퍼졌다. 강철은 걷고 있었다. 눈을 감고 병원에 있는 순이의 얼굴을 떠올려보았다. 강철의 걸음이 빨라졌다. 그는 피로했다. 얼른 이 일을 끝내고 순이의 품으로 돌아가고 싶었다. 그래서 강철은 걸음을 재촉했다. 모든 것의 끝이 있는 이 호텔 안으로 들어서기 위해서, 그에게 주어진 일을 하기 위해서. 그래야 살아갈 수 있으니까. 밤공기에 강철의 숨결이 풀어졌다. 철제문이 보였다. 그는 애써 숨을 고르고 철제문 앞에 섰다. 심장이 뛰었다. '괜찮아. 잘할 수 있을 거야.' 강철은 철제문의 손잡이를 잡으며 다짐했다.

문을 열고 들어오니 강철은 한결 마음이 편안해졌다. 그는 오른쪽 행거에 걸려 있는 웨이터 유니폼을 집어 들었다. 강철은 비닐 포장을 벗겨내며 연회장으로 향했다. 강철이 문을 열고 연회장으로 들어섰다. 각종 냄새들이 강철의 몸을 감쌌다. 비릿한 음식 냄새 잔향과 후끈한 공기 냄새, 뒤섞일 대로 뒤섞인 그 냄새에 강철은 조금 불쾌해졌다. 그는 천천히 불 꺼진 연회장의 중심으로 걸음을 옮겼다. 강철은 웨이터 옷으로 갈아입었다. 옅은 가로등 불빛이 짙은 어둠 속에 옅게 퍼진 연회장을 지나 강철은 주방 끝 복도 계단을 내려갔다. 주방으로 들어서자 갓 구운 빵 냄새가 짙게 풍겼다. 코너를 돌아서니 불꽃 사이로 요리에 몰두한 요리사들이 보였다. 강철은 그들을 거침없이 지나 주방을 빠져나왔다. 그는 긴장했는지 숨을 한 번 삼켰다. 배 아래에서 뜨거운 것이 가슴으로 올라왔다. 떨고 있는 건가? 강철이 걸음을 멈추고 심호흡을 했다. 그는 다시 걸음을 옮겼다. 강철이 코너를 돌자 약속했던 화장실이 보였다. 그는 화장실 문 앞에 섰다.

'수리 중'

강철은 물끄러미 화장실 문에 걸린 명패를 보다가 문을 열었다. 강철은 한숨을 크게 쉬고 나서 화장실을 칸칸마다 노크하기 시작했다. "똑똑," 빈 화장실에서 공명하는 노크 소리를 소리를 듣고 나서야 강철은 화장실에 아무도 없다는 사실을 받아들였다. 그는 두 번째 칸의 문을 열었다. 안으로 들어서기 전에 주변을 한번 둘러보았다. 강철은 변기의 물 뚜껑을 열고 안을 들여다보았다. 검은색 비닐 봉투, 강철이 찾고 있던 물건이었다. 강철은 손을 넣어 비닐 봉투를 꺼내 찢었다. 약속했던 내용물이 보였다. 그의 얼굴이 약간 찡그려졌다가 곧 평정을 되찾았다. 검은 비닐 안에는 투명 지퍼백이 있었다. 내용물은 사진 한 장과 러시아제 9mm 구경 권총 한 정이었다. 강철은 사진 속 구레나룻이 덥수룩한 사내의 얼굴을 한참 동안 물끄러미 바라보았다. 그리고 강철은 권총을 허리춤에 찔러 넣고 화장실을 세면대 앞에 섰다. 거울 속에 보이는 자신의 얼굴, 그는 그 얼굴을 잠시 들여다봤다. '이제 거의 끝이야.' 그가 거울 속 강철에게 말했다.

코모도 호텔 로비에 앉아 있는 상곤에게 폴로가 다가섰다. 호텔 로비의 바닥은 폴로의 얼굴이 보일 정도로 반들반들했다.

"시작했습니다."

"내가 믿을 거 같나?"

상곤이 바닥에 침을 탁 뱉으며 말했다. 폴로가 의아한 듯 물었다.

"실패하라고 보내는 기다."

상곤이 의미심장하게 웃었다.

"야가미의 시선이 글마한테 향하면."

상곤이 일어나 폴로의 어깨를 짚었다.

"니가 나서라."

폴로는 경직된 자세로 상곤의 다음 말을 기다렸다. 상곤은 다시 자리에 앉아 폴로의 손을 잡았다.

"진짜는 니다."

폴로의 얼굴에 묘한 표정이 지나갔다. 폴로가 자신의 위치로 돌아가고 나서 상곤은 휘곤에게 전화를 걸었다. 신호는 갔지만 휘곤은 전화를 받지 않았다. 상곤은 뭔가 위험한 일이 벌어질 것 같은 예감에 몸을 부르르 떨었다. 그는 전화기를 티 테이블에 아무렇게나 툭 던지고 나서 소파에 몸을 파묻었다. 그는 강철의 얼굴을 떠올렸다. 처음 만난 순간, 그의 눈에서 쏟아지던 안광이 상곤의 마음에서 떠나지 않았다. 복수심도, 그렇다고 흔한 욕망도 아닌 본능 그대로의 눈이었다.

강철은 홀 복도로 접어들었다. 그는 짙은 기와 터널을 통과해 오른쪽으로 꺾으며 쟁반 하나를 집어 들었다. 강철이 몇 걸음 걷자 백여 평이 넘는 홀이 보였다. 홀 안은 사람들로 북적거렸다. 종업원들이 정신없이 손님들을 안내하고 있었다. 강철은 거침없이 전진하며 홀 안의 사람들을 확인했다. 강철이 기억해뒀던 사진 속 얼굴과 비슷한 사람이 가끔 보였지만, 모두 다른 사람이었다. 폴로는 홀 사이드에서 강철의 움직임을 하나하나 체크했다.

"이랏샤이마쎄(어서 오십시오)!"

두리번거리는 강철의 뒤에서 종업원들이 일제히 고개를 숙여 인사했다. 홀 입구에서 사십대 후반의 남자를 호위한 한 무리의 사람들이 우르르 들어왔다. 강철은 사람들에게 가려 그의 얼굴을 제대로 확인할 수 없었다. 틈 사이로 힐끔 보이는 얼굴을 인지했다. 강철은 빠른 걸음으로 그에게 다가갔다. 사십 대 후반의 남자는 안내를 받으며 창가의 테이블에 앉았다. 강철은 앉아 있는 그의 뒷모습을 보고 서서히 걸음을 빨리 했다. 손님들이 강철 앞을 가로막았다. 강철은 시야가 가렸지만 권총을 뽑아 쟁반 아래로 숨겼다. 그는 사람들을 헤집으며 성큼성큼 창가의 남자를 향해 걸어갔다. 점점 가까워지는 창가 남자의 뒷모습이 강철의 시선에 들어왔다. 창가 남자 맞은편의 덩치들이 강철을 눈여겨보기 시작했다. 강철은 심호흡을 하고 권총을 뽑을 준비를 했다. 순간, 뒤돌아 앉아 있던 남자의 고개가 스르륵 강철 쪽으로 향했다. 사진 속 그 남자가 아니었다.

　"맥주 좀 가져와."

　남자가 강철을 부르더니 말했다. 강철이 고개를 숙이고 남자를 지나갔다. 멀리서 폴로가 손짓으로 강철을 부르더니 홀을 빠져나갔다. 강철도 그를 따라 홀을 빠져나갔다.

　야가미의 가족들이 홀로 들어오자 손님들이 일제히 일어섰다. 야가미는 테이블을 돌며 악수를 하고 덕담을 나누며 인사했다.

야가미는 신중한 동작으로 주변을 살폈고, 보디가드들도 절제된 동작으로 홀 내부를 꼼꼼하게 살폈다. 야가미는 테이블을 모두 돌며 인사를 마친 후에 보디가드를 불러 귓속말로 뭔가 지시했다. 보디가드들이 일사불란하게 움직이며 야가미의 가족들을 홀 바깥으로 안내했다. 야가미는 보디가드의 보고를 들은 후에야 보디가드들과 함께 홀을 빠져나왔다. 야가미와 그의 가족들이 보디가드들이 먼저 잡아놓은 엘리베이터에 우르르 올랐다. 잠시 후 문이 닫히고 떠난 엘리베이터 앞에 폴로가 다가왔다. 그는 야가미 일행이 탄 엘리베이터가 멈추는 층수를 확인하고는 벽에 붙은 층간 안내로를 살폈다.

"3층, 한국관."

그는 재빨리 몸을 숨겨 직원용 화장실로 향했다. "똑똑" 강철은 대변기에 앉아 첫 번째 칸부터 차례대로 노크하는 소리를 들었다. 그는 권총을 쥐고 있는 손이 덜덜 떨리는 것을 물끄러미 바라보았다. "똑똑," 마침내 그가 있는 칸에 누군가 노크를 했다. 강철이 문을 열자 폴로가 서 있었다. 그때 강철의 휴대폰이 울렸다. 강철은 얼른 확인했다. 종수였다. 문 앞에 있던 폴로가 강철의 휴대폰을 빼앗아 반으로 쪼개 쓰레기통으로 던져버렸다.

"한국관이다."

강철이 다시 심호흡을 하고 고개를 끄덕였다. 강철은 총을 다시 한 번 확인하고 화장실을 빠져나왔다.

　종수는 휴대폰을 귀에 대고 순이의 병실로 들어왔다. 그는 휴대폰 액정을 확인하더니 고개를 갸웃했다. 순이는 침대 위에서 평온하게 잠들어 있었다. 종수는 휴대폰을 공중으로 쳐들고 이리저리 옮겨 다녔다.

　"이상하다 잘 터지는데?"

　종수는 다시 한 번 휴대폰 액정을 확인했다. 전화는 여전히 받지 않았다.

　"이 새끼 뭐하는 기고?"

　순간 순이의 몸이 요동치기 시작했다. 종수가 난감해하는 사이 순이는 점점 더 심하게 요동치기 시작했다.

　"여기요. 간호사, 간호사!"

　종수는 당황해서 응급 버튼을 찾지도 못하고 고함을 쳤다.

　로비에 앉아 있던 상곤은 결심한 듯 빠른 속도로 로비를 걸어 나왔다. 그는 주변을 힐끔 살피더니 차에 올랐다. 상곤의 차가 호텔 입구를 빠져나갔다. 곧이어 검은색 차량 한 대가 그 뒤를 따랐다.

　한국관의 유리문이 열리고 강철이 음식 카트를 밀며 들어왔다. 그는 힐끔 데스크 쪽을 봤다. 데스크 옆에 마련된 소파에서 야쿠자 무리 네 명이 도시락을 먹고 있었고 그중 한 명은 데스크 여직원을 희롱하고 있었다. 강철은 침착하게 카트를 밀며 그 옆을 지나갔다. 그의 얼굴에서 굵은 땀이 흘러내렸다. 강철이 카트를 밀고 한국관으로 들어서자 사람들이 일제히 그를 바라보았다. 그는 고개를 숙이고 문을 닫고는 다시 카트를 밀며 전진했다. 강철은 '해, 매, 난, 국' 등의 명패가 붙어 있는 방들을 하나씩 눈여겨보며 카트를 밀었다. 그리고 VIP라는 금색 명패가 붙어 있는 방 앞에서 멈춰 섰다. 강철은 문 앞에 서서 심호흡을 크게 한 번 했다.

그때 안에서 스르륵 문이 먼저 열렸다. 강철은 문 앞에 서서 얼은 듯 동작을 멈췄다. 보디가드가 문을 열고 나오며 강철을 아래위로 훑어봤다. 보디가드 너머 방의 전경이 강철의 시선에 들어왔다. 사진사가 플래시를 터뜨리며 사진을 찍고 있었다. 강철은 최대한 자연스럽게 방으로 들어가려고 했지만 보디가드가 그를 제지하더니 다가와 방문을 닫았다.

강철은 꼼짝없이 서서 사라져가는 방안의 풍경을 유심히 관찰했다. 보디가드는 다짜고짜 강철의 몸수색을 시작했다. 상체를 뒤지던 그의 손이 허리를 지나 발목 쪽으로 내려갔다. 뚝뚝 흘러내리는 강철의 땀방울이 보디가드의 손으로 떨어졌다. 보디가드의 손이 발목을 타고 올라와 강철이 뒤춤에 꽂아둔 총에 가까워졌다. 보디가드가 뭔가를 발견하고 멈칫 하는 사이 강철이 무릎으로 그의 턱을 올려쳤다.

"퍽!" 강철은 재빨리 보디가드의 입을 틀어막고는 주먹으로 사정없이 엎어진 그의 얼굴을 내려쳤다. 보디가드의 몸이 정반대로 돌더니 그대로 고꾸라졌다. 강철이 망설임 없이 목을 조르자 그는 이내 축 늘어졌다. 강철은 목을 감았던 손을 풀고는 늘어진 보디가드의 몸을 밀치고 일어섰다. 그때 복도 쪽 코너에서 사람들의 목소리가 들려왔다. 강철은 얼른 보디가드의 몸을 굴려 벽면 쪽으로 숨겼다. 사람들이 점점 강철이 있는 쪽으로 다가왔다. 강철은 보디가드의 몸을 가리고 서서 고개를 숙여 인사했다. 그냥 지나친 사람들이 VIP룸으로 들어섰다.

순이의 심박수가 갑작스레 떨어졌다. 비상벨 소리에 간호사와 의사들이 뛰어 들어왔다. 순이의 상태는 더욱 나빠졌다. 결국 의료진들은 순이를 이동식 침대에 옮기고 중환자실로 급히 데려갔다. 이 모든 것이 채 오 분도 안 돼서 벌어진 일이었다. 종수는 어떻게 된 영문인지도 모르고 바쁘게 침대 뒤를 따라 뛰었다. 의료진들이 중환자실 문을 박차고 들어갔다. 뒤따르던 간호사들이 종수를 급히 제지했다.

강철은 다시 VIP룸으로 들어갔다. 몇몇 사람들의 시선이 향했지만 대부분 강철에게 관심을 두지 않았다. 강철은 빠르게 방안을 살폈다. 독립된 테이블 상석에 야가미와 그의 모친이 앉아 있었고, 그 뒤로 체격이 건장한 보디가드 한 명이 사방을 주시하고 있었다. 상석 테이블 앞으로 두 줄의 긴 테이블에 친척들과 지인들이 앉아 있었다. 보디가드는 강철에게서 눈을 떼지 않았다. 안 되겠다 싶어진 강철은 방을 살피는 것을 그만두고 테이블 위에 어지러이 놓여 있는 빈병들을 카트에 담기 시작했다.

그 시각, 로비의 소파에 몸을 깊숙이 기댄 폴로는 생각에 잠겨 있었다.

상곤의 일식집에 한 무리의 야쿠자가 도착했다. 야쿠자들은 망설임 없이 일식집 정문으로 성큼성큼 들어갔고, 잠시 후 조무래기들이 그들에게 쫓겨 나왔다. 야쿠자들은 훈련된 동작으로 조무래기들에게 칼을 휘둘렀고, 조무래기들은 피를 흘리며 바닥으로 고꾸라졌다. 쓰러진 그들의 등에 칼을 꽂던 야쿠자 한 명이 주머니에서 사진을 꺼내 조무래기들과 일일이 대조했다. 휘곤의 얼굴이 담긴 사진이었다. 생각에 잠겨 있던 폴로가 마침내 소파에서 일어났다.

보디가드가 고개를 갸웃거리더니 야가미에게 뭔가 이야기하고 VIP룸을 빠져나갔다. 강철은 보디가드가 빠져나간 것을 확인하고 카트 위 행주를 담는 통 안에서 권총을 꺼냈다. 그러고는 재빨리 쟁반을 들어 권총을 숨겼다. 복도로 나간 보디가드가 강철의 시야에서 완전히 벗어나자 그는 성큼성큼 야가미가 앉아 있는 테이블 쪽으로 향했다. 복도로 나간 보디가드가 쓰러져 있는 다른 보디가드를 확인하고 황급히 VIP룸으로 뛰어왔다. 강철은 총을 쭉 뽑아 들고 테이블을 헤치며 야가미 쪽으로 전진했다. 사람들의 시선이 모두 강철에게 향했다.

야가미가 강철을 발견했다. 강철은 이제는 상관없다는 듯 주변의 반응 따위는 전혀 신경 쓰지 않고 야가미에게 다가갔다. 강철은 오히려 냉정해졌다. 아무것도 생각하지 않고 자신의 숨소리와 야가미의 얼굴에만 집중하기 시작했다. 드디어 사정거리. 찰나의 시간이 느리게 흐르는 듯한 착각이 들 때쯤 조금 전 밖으로 나갔던 보디가드가 VIP룸으로 뛰어 들어왔다. 그는 다급히 권총을 뽑아 강철을 겨누었다. 강철은 '이제 틀렸구나' 하는 생각이 들었다. 그때 보디가드가 갑자기 앞으로 고꾸라지고 뒤에서 소음기를 끼운 권총을 든 폴로가 보디가드를 밟고 VIP룸으로 걸어 들어왔다. 강철은 총구를 야가미의 머리에 댔다. 야가미는 꿈쩍도 않고 강철을 노려봤다. 강철의 얼굴이 땀으로 온통 젖어 있었다.

"김이 보냈나?"

야가미는 태연하게 음식을 먹으며 말했다. 강철은 얼어버린 듯 멈춰 서서 야가미를 쏘지 못했다. 그의 총구가 가늘게 떨렸다. 순간, 뜨거운 것이 강철의 옆구리로 쑥 들어왔다.

"흐윽."

강철은 옆구리에 스테이크 칼이 박혀 있는 것을 발견했나. 칼을 쥔 야가미의 모친이 벌벌 떨며 강철을 올려다보고 있었다. 그녀는 강철과 눈이 마주치자 뒤로 털썩 주저앉았고, 손에는 피가 흥건하게 묻은 칼이 쥐어져 있었다. 강철의 옆구리에서 피가 뚝뚝 떨어지자 그녀는 손에 쥐어진 칼을 던지듯 버렸다. 모친을 바라보던 강철은 천천히 야가미에게 총구를 돌렸다.

'순이 씨, 내가 꼭 살려줄게. 이 아들 깡철이가 엄마 꼭 살려줄게.'

강철은 방아쇠를 당겼다.

"철컥."

"철컥, 철컥."

강철이 계속 방아쇠를 당겼지만 총은 발사되지 않았다. 세상이 멈춘 듯한 정적과 침묵이 방안에 흘렀다. 정면의 대형 벽걸이 TV로 한 남자가 비치는 것이 강철의 눈에 들어왔다. 동시에 총알이 강철의 머리를 스치듯 날아 대형 TV에 꽂혔다. 파편이 칼날처럼 날렸다. 강철은 총알이 날아오는 쪽으로 고개를 돌렸다. 폴로의 총구가 야가미와 강철을 겨누고 있었다.

"거짓말하는 놈의 인내심이 짧기 마련이지."

"정말 부산을 제게 주실 겁니까?"

폴로는 총구를 야가미에게 겨눈 채로 말했다. 야가미가 고개를 끄덕였다.

"뭐해 안 쏘고!"

폴로의 총구가 천천히 강철에게 향했다. 그가 방아쇠를 당기려는 순간 발사된 총알이 폴로의 머리를 뚫었다. 폴로가 도축된 짐승처럼 바닥으로 쓰러졌다. 강철이 감았던 눈을 뜨자 야가미의 총구가 폴로에게 향해 있었다. 그의 총구는 이내 강철에게로 향했다. 야가미가 방아쇠를 당기려는 순간 누군가 그의 총을 잡았다. 야가미의 어머니였다. 야가미는 놀란 듯 자신의 총을 잡고 있는 어머니를 바라보았다. 그녀는 천천히 고개를 가로저으며 야가미의 총구를 바닥으로 내렸다.

강철은 천천히 걸음을 뒤로 옮기다가 손님들이 우르르 VIP룸을 빠져나가자 재빨리 몸을 돌려 도망치기 시작했다. 강철은 사람들 틈에 섞여 정신없이 한국관 복도를 뛰었다. 그의 옆구리에서 피가 쏟아져 나왔다. 그는 울먹이며 신음을 토했다. 강철은 VIP룸으로 뛰어 들어오는 야쿠자 무리를 발견하고 얼른 상처를 가렸다. 그리고 최대한 몸을 낮추고 사람들에게 섞여 계단으로 내려갔다.

강철은 계단을 빠져나와 전속력으로 달렸다. 그가 난간을 잡고 구르는데 계단을 타고 올라오는 야쿠자 무리들이 보였다. 강철은 일어나 반대편으로 몸을 틀었다. 쫓아온 야쿠자 무리들이 강철에게 덤벼들었다. 강철은 계단에 세워진 화환을 휘두르며 간신히 앞으로 나아갔다. 순간 야쿠자 한 명이 강철의 몸을 잡고 계단 난간 쪽으로 밀어버렸다. 강철의 몸이 그대로 계단 난간에 충돌해 뒤로 떨어졌다. 위기의 순간, 강철은 팔을 뻗어 간신히 계단 난간을 잡았다. 야쿠자는 칼을 빼들고 강철의 손을 향해 휘둘렀다. 강철은 그대로 바닥으로 떨어졌다. "쿵," 계단 아래 공간으로 떨어진 강철의 몸이 튕겨 올라 바닥으로 쓰러져 뒹굴었다. 강철은 간신히 몸을 일으켰다. 그는 비틀거리며 남은 계단을 내려갔다. 강철은 다리에 힘이 빠져 또 한 번 바닥을 굴렀다. 그러나 그대로 멈춰서는 안 되었다. 강철은 온힘을 다해 다시 발걸음을 움직여 계단을 내려갔다.

야쿠자들이 강철의 뒤를 쫓았다. 계단을 타고 내려온 강철의 몸이 호텔 후문 바닥으로 미끄러지며 쓰러졌다. 강철은 간신히 몸을 일으켜 뒤를 봤다. 쫓아오는 무리들을 발견한 강철은 한 손으로 옆구리를 움켜쥐고 달리기 시작했다. 피는 계속 흘러내렸고, 그는 겨우 호텔 후문에 도착했다. 문이 열리면서 햇빛이 들이닥쳤다.

강철은 비틀거리며 필사적으로 큰 길로 향했다. 순간, 엔진의 굉음 소리가 들리며 SUV 차량 한 대가 강철 앞에 멈춰 섰다. 차문이 열리면서 손이 뻗어 나와 강철을 조수석으로 끌어올렸다. 조수석 문이 닫히고 차는 스키드마크를 그리며 출발했다. 강철은 터질 것 같은 숨을 토해내며 뒤를 쫓던 야쿠자 무리들이 후문으로 우르르 쏟아져 나오는 것을 사이드미러로 확인하고는 비로소 안도했다.

종수는 안절부절못하며 중환자실 안을 들여다보고 있엇다. 신호가 아무리 울려도 강철은 전화를 받지 않았다. 순이는 마지막 사투를 벌이고 있었다. 내과 과장이 땀을 뻘뻘 흘리며 심폐 소생술을 했지만 순이의 의식은 돌아올 줄 몰랐다. 의사들이 다급해질수록 순이의 의식은 세상과 점점 멀어져갔다.

강철은 어리둥절한 얼굴로 영문도 모른 채 대시보드 위에 있는 휴지로 옆구리에서 계속 흘러나오는 피를 막았다. 순간 정면 백미러 너머로 웃는 얼굴이 보였다. 강철의 시선이 고정되는 순간 목에 철사 줄이 감겼다.

"커억."

강철은 목을 부여잡고 발버둥 쳤다. 조여 온 철사 줄이 살을 파고들었다. 휘곤이었다.

"바, 바, 반갑다. 띠, 띠발, 자슥아!"

"크윽, 크윽."

강철은 온힘을 다해 발버둥 쳤다. 강철의 발이 운전석의 츄리닝을 때렸다. 그들이 탄 SUV 차량이 휘청거렸다.

종수는 연신 휴대폰을 귀에 대고 있었다. 그에게 들리는 것은 받을 수 없다는 안내 메시지가 전부였다.

"철아, 제발 좀. 제빌 좀 받아라."

종수는 다시 통화 버튼을 누르고 휴대폰을 귀에 댔다. 그는 발을 동동 구르며 응급실과 출입구 쪽을 번갈아 보았다. 종수가 몸을 트는 순간 모자 쓴 남자 하나와 충돌했다. 모자 쓴 남자는 종수를 꽉 끌어안았다.

"니. 니."

종수의 말끝이 흐려졌다. 그는 배 아래에 엄청난 통증이 전해지는 것을 느꼈다. 종수는 자신의 배에 꽂에 있는 회칼의 손잡이를 보며 가쁜 숨을 토했다.

"큰행님이 드리랍니다. 사랑합니다, 행님!"

종수에게 발길질을 당하던 조무래기였다. 그는 씩 웃더니 여유 있게 복도를 걸어 나갔다. 종수는 배를 움켜쥐고 털썩 주저앉았다.

강철이 탄 SUV가 좌우로 휘청거렸다. 강철의 머리채를 뒤로 젖힌 아디다스 옆으로 츄리닝이 위태롭게 운전을 하고 있었고, 휘곤은 강철의 목을 조인 철사를 더욱 세게 잡아당겼다. 차 안에 있는 네 명은 어지럽게 얽혀 있었다.

"겁나제? 거, 겁날 끼야. 띠, 띠발 놈아!"

강철은 대시보드를 있는 힘껏 걷어찼다. 그러는 와중에도 한쪽 팔로 츄리닝의 옆구리를 계속 쳤다. 츄리닝도 오른쪽 팔꿈치로 강철의 발을 계속 내리찍었다. 정면 유리 너머로 승합차가 상향등을 키고 경적을 울리며 달려왔다. 츄리닝이 간신히 핸들을 꺾었지만 그들이 탄 차는 트럭의 측면에 부딪치며 사이드미러가 박살났다. 차는 내리막 골목으로 빠르게 진입했다. 휘곤이 옆에 있는 아디다스에게 철사를 넘겼다.

"이야, 주, 죽이네. 씨발. 죽어라. 이 개새끼야!"

휘곤이 발목에서 권총을 꺼내들었다.

응급실 앞 복도에 기댄 종수는 피가 솟구치는 자신의 배를 물끄러미 바라보고 앉아 있었다.

"씨발, 아 씨발."

종수의 얼굴에 쓴웃음이 감돌았다. 의식이 희미해져 갔다. 사람들의 비명 소리가 멀리서 웅웅거리며 들려왔다.

내리막 골목을 내달리는 SUV는 환경미화용으로 쭉 세워둔 화분들을 박살내며 달렸다. 아디다스는 이를 악물고 철사를 잡아당겼다. 강철은 안간힘을 다해 발버둥을 쳤지만 아디다스는 손에 피가 흐르도록 철사를 움켜쥐었다. 휘곤은 총을 강철에게 조준하려고 했지만 겨눌 수가 없었다.

"야, 차, 차, 세워!"

참다 못한 휘곤이 츄리닝에게 말했다. 츄리닝은 재빨리 사이드 브레이크를 당겼고 차는 작은 미용실 앞에서 한 바퀴를 돌아 급정거했다. 미용실 안에서 머리를 감기던 아주머니가 그들이 탄 차를 유심히 바라보았다. 강철은 여전히 컥컥거리며 발버둥을 쳤고, 휘곤이 쏜 총이 그의 귀를 스치고 날아가 앞 유리창을 깼다. 총소리에 놀란 사람들이 차 주변으로 몰려들었다. 그들은 무슨 일인가 하는 얼굴로 차 내부를 바라보더니 저마다 휴대폰으로 통화를 하기 시작했다.

"바, 바, 밟아!"

바깥의 사람들을 의식한 휘곤이 소리치자 츄리닝이 사이드 브레이크를 풀며 액셀을 밟았다. 스키드 마크를 그리며 출발하는 SUV 뒤로 흰 연기가 피어올랐다. 차는 계속 질주했다. 골목 끝에 세워둔 건조대에 널린 빨래들을 차가 그대로 휘감고 지나갔다. 빨래들이 퍼져 오르더니 정면 유리창 위로 후두둑 쏟아졌다. 츄리닝은 와이퍼를 작동시켰지만 시야가 가려져 앞이 잘 보이지 않았다.

서로가 엉겨 붙은 차 안에서 비명 소리가 뒤섞였다. 츄리닝은 속력을 올리며 와이퍼를 한 단계 높여 작동시켰다. 정면 유리창의 옷이 사라지면서 벽이 확 다가왔다. 츄리닝은 얼른 핸들을 틀었다. 차는 코너를 꺾어 그대로 경사가 급한 내리막 계단으로 진입했다.

더욱 숨이 가빠진 강철의 정면에 허공이 보였다. 모두의 몸이 앞좌석으로 쏠렸다. 차가 붕 뜨더니 이내 바닥에 충돌하고는 경사가 급한 계단을 덜컹거리며 내려갔다. 유리 파편이 비처럼 쏟아져 들어왔다. 몸이 쏠린 휘곤이 앞좌석에 부딪치며 권총을 놓쳤다. 그는 손을 뻗어 찾아봤지만 총은 시트에 걸려 나오지 않았다. 휘곤의 얼굴로 파편이 쏟아졌다.

아디다스는 팔뚝으로 마지막 힘을 다해 강철의 목을 졸랐다. 강철은 계속 발버둥을 쳤다. 츄리닝이 운전을 하면서 오른손으로 계속 강철의 복부를 가격했다. 강철은 그만 이 생을 놓고 싶었다. 그가 몸을 뒤틀며 반항하는 사이 정면으로 계단의 끝이 보였다. "쿵" 소리와 함께 모두의 몸이 들썩 떴다. 차는 인도를 넘어 8차선 대로를 가로로 진입했다.

고가도로를 빠져나온 차들이 속력을 낮추지 못하고 그들이 탄 차를 향해 달려왔다. 다행히 차는 8차선 도로를 횡단하고 정면으로 보이는 지하차도로 진입했다. 휘곤은 여전히 시트 밑에 걸린 총과 씨름하고 있었다. 손을 넣었지만 총은 빠지지 않았다. 휘곤은 아디다스의 발목을 더듬어 회칼을 빼 들었다. 강철은 연신 대시보드를 차며 발버둥을 쳤다.

"쿵!" 차가 지하차도의 측면에 부딪치며 터널 안으로 들어섰다. 차가 휘청거렸고 몸싸움을 하던 사람들의 몸이 흔들렸다. 휘곤은 칼을 휘둘러봤지만 강철의 상체가 시트 깊숙이 들어가 있어서 강철을 제대로 가격하지 못했다. 강철은 대시보드에 발을 대고 있는 힘껏 몸을 뒤로 젖혔다. 순간 강철이 앉은 시트 핀이 부러지며 시트가 뒤로 확 섯혀졌다.

그 충격에 휘곤의 몸이 그대로 시트에 밀리며 휘곤은 자신이 든 칼에 손을 크게 베었다. 휘곤의 손에서 피가 뚝뚝 떨어졌다. 공간이 생긴 것을 인지한 강철의 발이 운전석에 앉은 츄리닝의 턱을 있는 힘껏 차버렸다. "퍽!" 츄리닝은 그대로 운전대에 고개를 박았다. 강철은 팔꿈치로 자신의 목을 죄고 있는 아디다스의 광대를 박살냈다. 아디다스의 얼굴이 왼쪽 유리창에 그대로 꽂혔다. 차는 중심을 잃으며 벽을 긁었다. 정면으로 2차선 진입로의 벽이 보였다. 생수를 가득 실은 화물차가 2차선으로 진입했다. 화물차가 코너를 트는 순간 그대로 SUV의 측면을 들이받았다. 강철이 탄 차는 휘청거리다가 방향을 틀어 직진하기 시작했다. 생수를 실은 화물차에서 생수통이 도로로 쏟아지는 것이 보였다. 차는 중심을 잡지 못하고 갓길에 쌓아둔 모래 더미에 걸리며 주차해 있던 승용차와 그대로 충돌했다. 강철의 몸이 충격 때문에 차 밖으로 튕겨 나왔다. 강철의 몸이 주차된 차량의 후면 유리창과 부딪쳤다. 트럭에서 떨어진 생수통들이 아스팔트 바닥을 뒹굴었다. 강철은 주차된 차에서 바닥으로 굴러 떨어져 도로 바닥으로 엎어졌다. 강철은 천천히 고개를 들었다. 머리에서 피가 흘러내렸지만 간신히 비틀거리며 일어났다.

　방향감각을 상실한 탓에 도로와 건물이 빙빙 도는 것처럼 보였다. 강철은 귓가를 때리는 이명 때문에 아무 소리도 들을 수 없었다. 그는 피범벅인 얼굴로 멍하게 비틀거리며 진입로 벽으로 향했다. 강철은 벽을 짚고 신음을 토하며 옆구리를 움켜잡았다. 옆구리에서 피가 콸콸 쏟아졌다. 그는 한동안 그대로 서 있다가 이내 천천히 돌아 자신이 타고 온 차를 응시했다. 눈물이 왈칵 흘러내렸다. 강철은 일렁이는 눈물 너머로 휘곤이 벽에 충돌한 SUV 자동차에 기대고 앉아 있는 것을 보았다. 휘곤은 피를 토하면서 천천히 손을 뻗어 바닥에 떨어진 권총을 집었다. 강철은 비틀거리며 벽으로 천천히 쓰러졌다. 휘곤은 다리를 절며 천천히 다가와 강철에게 권총을 겨눴다. 피를 뚝뚝 흘리면서도 희곤은 씨익 웃었다. 총을 쏘려고 방아쇠에 손을 거는 순간 경적 소리가 들렸다. 코너를 돌아 달려드는 차량이 휘곤을 향해 돌진했다. "퍽!" 휘곤의 몸이 차를 타고 날아올랐다가 도로 바닥으로 툭 떨어졌다. 휘곤은 몸을 부르르 떨더니 곧 숨이 멎었다. 부릅뜬 두 눈에서 피가 흘렀고, 그의 눈은 강철을 향하고 있었다.

3

상곤은 호텔 수영장 중앙에 누워 흔들리는 하늘을 바라보았다. 온수의 더운 김이 안개를 만들었다. 상곤은 청명한 하늘로 천천히 흘러가는 구름을 물끄러미 바라보고 있었다. 그는 천천히 몸을 움직여 수영장 가장자리로 향했다. 곧 꽃을 만개할 것처럼 하늘은 봄을 품고 있었다. 그렇게 하늘을 바라보고 있는 상곤의 머리 위로 그림자 하나가 들어왔다.

"우리 곤이 왔나?"

상곤이 다정하게 말했다. 그는 씩 웃으며 몸을 돌려 손을 내밀었다.

"에라이."

상곤이 입구로 시선을 돌리자 야가미의 무리가 서 있었다. 상곤은 그들을 보고 피식 웃었다.

"뭘 꼴아 보노? 씨발…."

말을 채 마치기도 전에 총알 하나가 상곤의 목을 관통했다. 상곤은 목을 잡고 콜록콜록 기침을 했다. 목에서 주변으로 피가 번지더니 상곤이 몸을 담그고 있는 풀 주변이 온통 피로 물들었다. 상곤은 상체를 돌려 천천히 수영장 가장자리 쪽으로 몸을 회전했다.

"빠가."

상곤을 물끄러미 바라보던 야가미가 말했다. 콜록거리며 숨이
붙어 있는 상곤이 상체를 움직여 비치 의자 아래 두었던 총을 집었
다. 야가미는 총을 발견하지 못하고 상곤에게 자신의 총을 겨눴다.

"탕! 탕! 탕!"

야가미의 얼굴에 총알이 박혔다. 상곤의 가슴에도 총알이 박혔
다. 야가미가 수명을 다한 고목처럼 스르륵 물에 처박혔다. 빨간 피
가 천천히 풀장에 번졌다. 상곤은 몸을 떨며 가쁜 숨을 이어갔다.

"씨... 씨... 씨발. 보, 봄이, 다, 다, 다, 와, 와, 왔는데."

그는 숨을 토해내며 시리도록 파란 하늘을 올려다봤다. 목에서
피가 콸콸 쏟아졌다. 구름이 천천히 그의 위를 흘렀다.

강철은 숨을 쉴 때마다 옆구리에서 피를 쏟아내며 온몸이 저리
는 통증을 느꼈다. 의식이 흐려지며 눈앞이 아득해졌다. 눈을 감
았다 뜨니, 순이가 보였고, 또 눈을 감았다가 뜨니 수지의 얼굴이
보였다. 다시 눈을 감았다가 떴을 때 믿을 수 없이 아름다운 밤하
늘의 불꽃이 보였다. 옆에는 순이가 앉아서 아름답게 터지는 불꽃
을 보며 하염없이 행복해하고 있었다. 강철은 일어나 앉아 엄마의
어깨에 머리를 기댔다. 순이가 강철을 보고 환하게 웃었다. 불꽃
이 터지면서 순이의 얼굴이 알록달록하게 물들었다.

"펑! 펑! 펑!"

불꽃은 쉼 없이 터지더니 강철과 순이가 보고 있는 하늘에게 엄청나게 쏟아져 내렸다. 온 세상이 밝아지는 듯했다. 강철은 그 광경을 넋 놓고 바라보는 순이의 어깨를 감싸 안았다. 불꽃이 연이어 하늘로 올라갔다.

또 한 번 눈을 감았다 뜨자 한낮이었다. 강철은 통증이 더 심해지는 것을 느꼈다. 경련하는 강철의 두 눈에서 눈물이 흘러내렸다.

"순이 씨, 미안."

강철이 눈을 감았다. 온 세상이 암흑이었다. 곧 한가로운 송도 해변과 엄마와의 추억이 있던 장소들이 눈앞을 지나갔다. 그리고 자동차 경적 소리와 사람들이 웅성거리리는 소리가 들렸다.

"이기 뭐하는 기고? 퍼뜩 내려온나!"

파출소장이 역정하는 소리가 아련하게 귓가에 맴돌았다. 눈을 뜬 강철 앞에 선글라스를 낀 채 막대사탕을 물고 있는 순이가 보였다. 순이는 멀리 북항을 바라보았다. 강철은 울음이 터져 나오는 것을 간신히 참았다. 아련하게 보이는 북항 쪽에서 벚나무들이 꽃잎을 하염없이 밀어냈다. 따뜻한 봄이었다.

"여기 어때요? 언제 와도 느끼는 건데 참 갱치가 특별해. 내 죽으면 여기다 뿌리주이소. 매일 하늘에서 살구로. 오케이?"

순이는 강철을 보며 활짝 웃으며 말했다. 강철이 가만히 순이 옆에 앉았다.

"그러네. 진짜 경치가 좋네."

강철은 순이를 보고 방긋 웃었다. 순이는 따뜻한 시선으로 강철을 바라보았다.

"순이 씨, 뭐 하나 물어봐도 되나?"

"뭘요?"

"내 몰래 만날 어디를 그래 다닌 기고?"

"이거는 비밀인데."

순이는 장난스럽게 강철의 귀에 대고 말했다.

"알란가 모르겠네. 와 로또라고."

울컥 치밀어 오르는 감정에 강철은 고개를 떨궜다.

"걸리모 우리 철이 줄라고요. 강철이가 만날 새벽에 잠을 깨 끙끙 앓아요. 내 묵이 살린다고 뼈마디가 신음을 해요. 그런데 내도 철이 때문에 힘듭니다."

"와?"

"아직 얼라다 아입니꺼."

강철의 호흡이 떨려왔다.

"자, 돈 줄게 가서 로또 좀 사와요. 내는 파출소 가서 기다릴라니까. 아, 참 번호는 8, 1, 2, 16, 30…."

"그기 뭔데?"

"당신 섭섭해요. 이것도 모르고."

순이는 말을 하다가 말고 다시 북항을 바라보았다. 갈매기가 한 가롭게 봄바람을 타고 날아올랐다. 한 줄기 바람이 순이의 볼을 타고 흘러갔다.

"생일, 우리 철이 태어난 날하고 시간. 우째 이거를 기억 못 하노."

강철은 무릎을 세우고 고개를 파묻었다.

"와 말이 없어예?

강철의 어깨가 들썩였다. 순이가 가만히 그의 등에 손을 얹었다.

"여보."

"흑, 흑," 토하듯 강철의 울음소리가 새어나왔다. 순이는 강철의 등을 토닥였다.

"와 울어예. 울지 마이소. 울지 마이소."

순이가 부드럽게 강철의 등을 쓰다듬으며 두드렸다.

"살다 보면 세상이 온통 꽃밭처럼 보이는 그런 봄날이 인생에서 한두 번은 꼭 찾아옵니다. 울지 마이소."

봄바람이 불어왔다. 강철은 꾹꾹 울음을 참았지만 꽉 다문 이 사이로 신음이 터져 나왔다.

"안 운다. 내 안 운다."

강철은 고개를 숙이고 계속 눈물을 흘렸다. 순이의 다정한 목소리가 들렸다.

"아들."

강철은 천천히 고개를 들었다. 선글라스를 끼지 않은 순이가 강철의 얼굴을 쓰다듬었다.

"엄마가 고맙데이."

"응, 엄마. 내도 고맙다."

그는 한없이 포근한 순이의 품에서 눈을 감았다. 순이의 체온이 강철을 부드럽게 어루만졌다. 순이는 눈을 감고 있는 강철의 머리를 부지런히 쓸었다.

강철은 감았던 눈을 떴다. 그는 옆에 놓인 나무 유골함을 물끄러미 바라보다가 뚜껑을 열었다. 그는 하얀 가루를 한 움큼 쥐고 하늘에 뿌렸다.

"엄마… 순이 씨…"

그가 사경을 헤매며 병원에 도착할 동안 순이는 숨을 놓지 않았다. 뽀얀 가루들이 바람을 타고 날아갔다. 강철은 굴뚝에 앉아 순이가 하늘에 퍼져나가는 것을 바라보았다. 그는 열 시간이 넘는 수술 끝에 살아남았다. 늘 원망했고, 늘 강철을 옭아맸던 순이의 병든 몸 덕분이었다. 간이 심하게 손상되었던 강철에게 순이는 자신의 간을 내어주었다. 그리고 떠났다. 강철은 가슴에서 순이가 늘 보던 사진 한 장을 꺼냈다. 강철이 간 이식을 받고 깨어났을 때 의사가 말했다. 순이의 장기 중에 유일하게 간만이 건강하고 깨끗

했다고. 강철은 사진 속에 있는 행복한 얼굴의 순이와 닮아서 알아볼 수 없었던 아빠의 얼굴을 손으로 만져보았다.

"내가 꼭 니 신세 갚고 죽을 끼다."

순이는 그 약속을 지키고 떠났다. 강철은 사진을 바라보다가 봄바람에 사진을 날려 보냈다. 바람을 타고 사진이 날아올랐다. 사진은 바람을 타고 멀리 북항 쪽으로 훨훨 날아갔다.

4

강철은 오토바이를 타고 송도 바다를 달렸다. 참치 하역장 반장과 인사를 하고 부동산에 집을 내놓고 돌아가는 길이었다. 달리던 강철의 눈에 멀리 게스트하우스가 보였다. 강철은 천천히 오토바이를 세웠다. 그는 오토바이에서 내려 게스트하우스로 뚜벅뚜벅 걸어 들어갔다.

데스크의 주인이 강철을 보자 조금 당황하며 사탕 통을 봤다. 강철은 방긋 웃으며 그에게 인사하더니 데스크로 다가가 사탕 두 통을 올려놓았다. 강철은 인사를 하고 돌아서려다 수지가 머물었던 포스트잇 메모판으로 걸음을 옮겼다.

'회는 역시 부산! 배터지게 먹다가요'

'재경, 혜지 우린 오늘 금메달 땄다'

'부산 2일차. 해운대 날씨가 우리의 발목을 잡았다'

'부산 안녕, 우철, 현두, 좋은 사람들. 또 오자'

'안녕? 안녕! 안녕'

'수지는 아직도 여행을 다니고 있을까?' 강철은 생각했다. 수지
와 마지막 인사도 없이 송도 해변을 빠져 나올 때 강철은 도로에
오토바이를 세워두고 오랫동안 그 자리에 서 있던 수지가 돌아갈
때까지 보고 있었다.

'어쩌면 나는 겁을 먹었는지도 몰라.'

강철은 자신의 마음속에서 외치는 소리를 들었다. 수지 말대로
말은 숨길 수 있어도 마음은 못 숨기는 거니까. 그때 그의 눈에 수
지가 남긴 메모가 눈에 들어왔다.

'나는 계속 여행할 거야. 널 다시 만날 때까지.'

강철의 얼굴이 환해졌다. 강철은 수지의 메모를 떼어서 주머니
에 넣었다. 그리고 포스트잇에 메모를 적어 그 자리에 붙였다.

'내도 여행을 떠난다'

"아저씨 나는 좀 더 솔직했어야 했어요."

강철이 데스크에 앉아 있던 주인에게 말했다. 주인은 강철이 무
슨 소리를 하는지 영문도 모르고 고개를 끄덕이며 웃었다. 게스
트하우스를 빠져 나온 강철이 오토바이 시동을 켰다. 오토바이에

오른 강철은 속력을 올려 해안도로를 타고 달렸다. 송도 바다를 낀 해안도로를 타고 그는 지긋지긋한 삶의 터에서 점점 멀어졌다. 그토록 미쳐 날뛰던 바다가 아주 잔잔하게 표정을 바꾸듯 강철의 삶이 변하고 있었다. 맑은 공기가 바다와 하늘을 보라색으로 물들이고 있었다. 강철은 오토바이에서 바다가 뿜어내는 그 빛으로 자신의 미래를 예측해봤다. 그의 눈 한가득, 태풍이 지나고 난 후 소름 끼치도록 잔잔한 바다, 수평선에 닿을 듯 말 듯한 보라색 빛이 쏟아져 들어왔다.

[에필로그]
그 후, 남겨진 이야기

1

어느덧 서른여섯이 된 강철은 부산행 고속열차에 앉아 있었다. 서울에서 출발한 고속 열차는 대전 즈음에서 시작된 폭우를 헤치고 대구를 지나 부산역으로 들어가고 있었다. 열차가 정차하자 사람들이 자리를 박차고 일어나 몸을 풀었다. 강철은 좌석에 편안하게 몸을 기대고 부산을 알리며 흘러나오는 라운지 음악에 귀를 기울였다. 재즈풍으로 편곡된 〈부산 갈매기〉였다. 사람들이 기차를 빠져나가는 동안에도 그는 음악이 끝날 때까지 자리에서 일어서지 않았다. 편곡은 되었지만 익숙하게 귓가에 맴도는 멜로디가 오랜만에 강철의 마음을 어지럽혔다. 최근 들어 감정 변화가 거의 없는 그였지만 음악의 울림은 쉽게 그의 몸에서 빠져나가지 않았다.

3월, 봄비가 부산을 적시고 있었다. 열차를 쏟아져 나온 사람들은 저마다 우산을 펼쳐 들고 느릿느릿 역으로 올라갔다. 강철은 그 모습이 마치 우울한 영화의 한 장면처럼 느껴졌다.

13년, 이제는 낯설어진 고향에서 강철은 좌석에 몸을 기댄 채 아직도 열차에 앉아 있었다.

"괜찮으세요?"

장내를 정리하던 역무원이 강철에게 물었다.

"예, 괜찮습니다."

강철이 자리에서 일어나지 않자 역무원은 걱정스러운 듯 강철을 바라보고 서 있었다.

"정말 괜찮습니다."

강철이 다시 한 번 말하자 역무원은 생긋 웃으며 다른 객실을 향해 걸어갔다. 강철은 열차가 대구를 벗어나는 순간부터 그는 이제껏 살아오면서 얻어온 많은 것들에 대해 생각했다. 고향에서 잃어버린 시간, 죽었거나 사라진 사람들 그리고 마지막으로 고향을 떠나오며 다짐했던 생각들에 대해 고요하게 흐르는 차창 풍경을 바라보며 찬찬히 생각했다. 기차가 부산에 들어서고, 익숙하지만 묘하게 변한 건물들의 모습을 지켜보면서 강철은 내내 송도 바다를 생각했다. 파도를 생각했고, 바람을 생각했으며 북항에서부터 출발한 배가 천천히 전진하는 모습을 떠올렸다. 밟으면 사각거리는 백사장의 감촉도 생생하게 강철에게 전달됐다.

　고향을 떠난 후 정확하게 13년 만이었다. 13년이 시나서도 그때의 그 풍경을 고스란히 기억하고 있다는 것은 강철에게 놀라운 일이었다. 지겹고, 힘들고, 아픈 나날들이었기에 강철은 애써 그 기억을 지우려고 했다. 하지만 기억이란 무서운 것이었다. 기차에서 내려 부산의 공기를 마시는 순간, 그는 쌀쌀한 굴뚝 위의 공기와 북항 쪽에서 불어오는 바람, 멀리서부터 형태를 만들면서 떠오는 구름들이 생생하게 떠올랐다. 굴뚝에서 바라보던 바다는 너무나 파래서 바라보고 있으면 머리가 아파올 정도였다. 그리고 순이가 생생하게 보였다. 선글라스를 끼고 멀리 북항을 바라보던 그녀의 앉은 모습, 그 옆에 앉아서 바람에 실려 오는 엄마의 냄새를 오랫동안 맡았던 기억들이 순차적으로 떠올랐다. 강철에게 미뤄두고 감춰뒀던 기억이 심호흡 한 번으로 생생하게 다가왔다. 강철은 역으로 올라가며 송도 바다를 함께 걷던 수지에 대해서도 생각했다. 강철은 수지의 옆에서 걷던 자신을 떠올렸다. 그때 강철은 사랑을 하고 있었다. 그 사랑은 그를 환한 곳에도 데려다줬으며 불빛 하나 보이지 않는 캄캄한 곳으로 데려다 놓기도 했다. 그때는 자신을 감싸고 있던 바라를 볼 여유가 전혀 없었으므로 바다에 대해서는 생각조차 하지 않았다. 그러나 막상 고향을 떠나고 보니 강철이 가장 그리워한 공간은 그때 수지와 걷던 그 바다였다. 13년

전, 짧은 인사를 끝으로 한 번도 그녀를 다시 만나지 못했지만 힘들다는 말을 처음 가르쳐준 그때의 수지는 늘 강철의 곁을 떠나지 않았다. 강철은 수지를 떠올릴 때마다 가장 먼저 떠오르는 것이 파도 소리, 짠내를 머금은 바람 그리고 바람에 일렁이던 수지의 머리카락 같은 것이었다. 그러나 강철은 그 바닷가에서 정작 수지의 모습은 잘 기억나지 않았다. 그냥 따뜻한 존재로서의 감정일 뿐, 아무리 기억하려고 해도 그녀의 옷차림이나 표정은 도무지 떠오르지 않았다.

부산역에 내린 강철은 택시를 잡아 타고 산복도로로 가달라는 부탁을 했다. 레이밴 선글라스를 낀 젊은 기사가 힐끔힐끔 강철을 바라보았다.

"어떻게 오셨어요?"

"예?"

"여행을 오신 것 같지는 않아서요."

강철은 대답 없이 차창 밖으로 펼쳐진 바다를 바라보았다. 중간중간 신축 건물이 박힌 산복도로 아래 주택가가 나타나자 강철이 얼굴을 차창 쪽으로 붙였다.

"그냥 왔어요?"

"네, 그냥. 이 도로 좀 더 달려줄 수 있죠?"

나쁜 일들이 일생 동안 계속되지는 않는다. 강철은 여전히 다닥

다닥 붙어 있는 집들의 전경을 보며 엄마의 유품에서 발견된 일기 한 줄을 떠올렸다. 강철은 '모든 나쁜 일은 내 손에서 끝난다'라는 문장도 간신히 기억해냈다. 강철의 기억은 확실히 엄마가 살아 있던 시점에서부터 멀어지고 있었다. 그 옛날 그 자신이 살던 곳에서 멀어졌듯 이제 남은 그의 삶에서 그토록 고달프고 아련했던 시절은 다시 반복되지 않을 것이라고 생각했다.

"여기 세워주세요."

강철은 익숙한 건물 앞에서 택시를 세웠다. 한일프로펠러. 많이 낡았지만 옛 간판 그대로였다. 강철이 사무실에 들어서자 살찐 사내가 전화를 받다가 말고 벌떡 일어섰다. 종수였다. 한동안 강철을 보고 있다가 뛰어와 강철을 와락 안았다.

"이게 누고. 깡철이 아이가?"

"오랜만이네. 잘 지냈어?"

"야, 니 사투리 다 까묵었나? 말이 억수로 간지럽네."

종수는 강철의 얼굴을 보다가 말했다.

동네 술집들은 강철에게 생경한 분위기였다. 이발소가 있던 곳을 헐어내고 새로 리모델링한 치킨집이었는데, 예전의 분위기는 전혀 찾아볼 수 없었다. 종수는 강철을 자리로 안내하고 테이블을 돌아다니며 인사를 건넸다. 강철이 아는 사람은 한 명도 없었다. 종수가 강철 앞에 마주 앉았다.

"야, 여기가 요즘 이 동네서 닭 맛이 제일 죽이는 집이다. 이발소 아재 알지? 저기서 닭 튀기는 애가 이발소 아재 아들이다."

"그래?"

강철은 땀을 흘리며 닭을 튀기는 남자를 유심히 봤다.

"그 아재 재작년에 죽고, 아들이 여기다 이거 차렸다."

종수는 어색한 듯 강철을 보며 웃었다. 치킨이 나오는 동안 둘은 거의 말을 하지 않았다. 치킨이 나오고 몇 잔의 맥주가 돌고 나서야 겨우 강철과 종수는 편안한 분위기를 만들 수 있었다.

"아버지는 언제 돌아가셨어?"

강철이 물었다.

"작년에."

"어쩌다가? 아직 젊으신데."

"풍 맞아가 시름시름 앓다가 죽었다. 이제 돈 좀 벌어가 번듯한 집 한 채 마련했더니 뭐가 급해가 그렇게 빨리 갔는지 모르겠다. 니는 어떻게 지내는데?"

종수는 주머니에서 담배를 꺼내 테이블 위로 툭 던졌다.

"나는 서울에서 작은 가게 하나 차려서 먹고 살고 있어."

"무슨 가게?"

"게스트하우스."

"게스트하우스? 와 우리 깡철이 서울에서 게스트하우스하고 출세했네."

강철이 잔잔하게 웃었다. 강철은 종수가 써내놓은 담배를 집어한 대 불었다.

"니 담배 맛도 알고? 새끼 다 컸네."

강철은 고개를 끄덕이며 불을 붙였다. 몇 잔의 맥주가 더 오가고 강철과 종수의 얼굴이 붉게 달아올랐다.

"그날 상곤이랑 휘곤이 겹초상 맞았다. 나도 그때 생각하면 아직도 아랫배가 욱신거린다. 그날 부산 시내가 발칵 뒤집혔지. 총으로 사람이 몇 명이 죽어 나갔으니까, 부산 경찰청에서 야쿠자 새끼들이랑 모조리 몰아내고 상곤이 식구들 전부 다 감방 들어갔다."

강철은 마냥 고개를 끄덕였다. 종수는 더 이상 말을 꺼내지 않았다. 강철은 열어놓은 가게 문 너머로 보이는 바다를 물끄러미바라보았다. 파고가 높은 파도가 일렁이는 게 보였다. 종수도 가만히 강철의 시선을 따라 고개를 돌렸다.

"파도 좋제? 나는 저 파도가 좋아가 아직도 여기를 못 떠나고있다."

둘은 한동안 말없이 멀리 바다를 바라보았다.

"어무이 생각 많이 나나? 나도 그렇다. 가만히 앉아 있으면 눈물이 줄줄 흐른다. 어무이 생각이 나가지고. 울 아부지도 눈 감는그날까지 느그 어무이랑 깡철이 니한테 미안해 하면서 살아야 된

다켔다."

"됐어. 난 괜찮아."

종수가 강철의 손을 잡았다. 강철도 종수의 손을 꼭 쥐었다.

"니 혹시 그 여자하고 아직 연락하나?"

종수는 치킨을 뜯다 말고 뭔가 생각난 듯 말했다.

"아니, 한 번도 못 봤어. 그날 이후로."

강철은 문득 그때 그 바다가 떠올랐다. 함께 일출을 보고 병원으로 돌아가던 길 그녀는 걸음을 멈추었다. 그리고 두 손을 강철의 어깨 위에 얹은 채, 눈을 물끄러미 들여다보았다. 강철은 그녀의 까만 눈동자 속에 자신이 비치고 있다는 것을 깨달았다. 그녀는 그렇게 한동안 강철을 보고 있다가 그를 꼭 안았다. '괜찮아, 괜찮아, 하면서.' 그녀의 손이 강철의 등을 톡톡 치는 바람에 강철의 가슴이 한순간 막혀버릴 것같이 뜨거워진 적이 있었다. '그게 왜 이제야 생각났을까?' 강철은 생각했다.

"본 적 있어?"

"한 3년 전에는 왔는데."

"그런데?"

"요즘은 안 온다."

"건강해 보였어?"

"여전히 예쁘긴 하더라."

종수는 놓았던 치킨을 집어 한 입 물고 우물거렸다.

"그래?"

"와서 한참을 송도 해수욕장에 앉아 있다가 가는 것 같던데. 니 기다리는 거 아이지?"

종수는 맥주로 입을 헹구고 나서 담배를 한 대 피워 물었다.

"아닐 거야."

강철도 종수를 따라 담배를 피워 물었다.

"그냥 와봤을 거야."

어느덧 둘은 각자 여섯 잔 정도의 맥주를 마셨다. 강철은 멍한 느낌이 들었다.

"니는 결혼했나?"

"아직 안 했어."

"니 그 여자 못 잊어서 그라고 있제?"

종수는 낄낄 웃으며 담배를 재떨이에 비벼 껐다.

"아니야."

"아니긴 뭘 딱 맞구먼. 재숙이 때랑 똑같구만."

강철은 웃으며 고개를 저었다.

"아니라니까."

"아니면 말고."

종수가 재미난 생각이라도 난 듯 강철 가까이 몸을 붙였다.

"니 요즘 재숙이 막 난리 난 거 알제? 누구랑 결혼했다가 이혼하고 또 누구랑 결혼했다가 이혼하고, 이번에는 판산지 검산지랑 결혼한다 카더라."

"대단하구나, 재숙이는."

"니도 빨리 장가나 가뿌라. 장가가면 진짜 좋다."

"넌 결혼했구나."

"그럼 벌써 했지. 벌써 딸이 유치원 다닌다."

종수의 얼굴이 밝아졌다. 그는 주머니에서 주섬주섬 휴대폰을 꺼내더니 사진을 찾아 강철에게 내밀었다.

"봐라, 내 딸이랑 우리 와이프다. 예쁘지?"

"예쁘네. 어디서 만났어?"

"그때 내 칼침 맞았을 때 병원에서 나 간호해주던 간호사다. 얼마나 예쁘고 참하던지 내가 일 년을 따라다니면서 무릎 꿇고 빌었다 결혼해달라고."

강철은 고개를 끄덕였다. 종수는 치킨을 한 마리 더 주문하면서 맥주를 두 잔 더 시켰다.

"다들 잘 지내?"

강철이 새로 나온 맥주를 한 모금 마시고 물었다.

"그럼 다들 잘 지낸다. 너 파출소장 기억하지?"

"응."

"그 양반 얼마 전에 출마해서 지금 시의원 됐다."

"반장 형님은 잘 지내?"

"그 행님이 상곤이가 하던 횟집 인수해가지고 지금은 돈방석에 앉았다."

"그래? 그 고급 횟집을?"

"헐값에 나왔다. 칼부림이 나가꼬 사람이 몇 명이 죽었는데 식당이 되겠나?"

종수는 의미심장한 표정을 짓더니 새로 나온 맥주를 단숨에 반이나 마셔버렸다.

"요즘 벤츠 끌고 시내를 얼마나 빨빨거리고 다닌다고. 서면에 2호점 내고 남포동에 3호점 내고 난리도 아니다."

강철은 다시 고개를 돌려 바다를 바라보았다. 이미 해질녘이 가까워 햇살은 빛을 잃어갔고 수평선도 흐릿하게 제 몸을 지워가고 있었다. 강철은 맥주를 마시면서 해안선을 끼고 잘 정돈돼 지어진 집들에 하나둘씩 불이 켜지는 것을 보았다.

"다들 잘 사네."

강철이 말했다.

"다들 잘 살제. 니는? 니는 진짜 괜찮나?"

종수는 한숨을 쉬었다. 깊고 어지러운 한숨이었다. 그는 담배를 들다 말고 내려놓았다.

"나는 잘 살아."

"정말 괜찮지?"

"응, 정말 괜찮아."

"그래, 똥이 썩어서 거름 됐다고 생각해라. 고사 지내나? 한잔 치자!"

그렇게 생각하자 강철은 갑자기 아무것도 말할 수 없게 되었다. 종수는 한참을 혼자서 이야기하고 있었지만, 강철이 더 이상 말을 하지 않을 것을 알기에 그도 말을 멈췄다. 종수는 살이 제법 오른 턱을 긁다가 잔에 남은 나머지 맥주를 비웠다.

"깡철아, 내가 미안하다. 알제?"

종수는 테이블에 몸을 기댔다. 올라오는 취기가 힘겨운지 표정이 슬슬 풀어지기 시작했다.

"미안하긴 뭘 미안해."

강철은 맥주잔을 만지작거렸다. 그도 취기가 올라오는 것은 마찬가지였다.

"나는 니가 그렇게 떠나고 진짜 많은 생각을 했다. 아무것도 손에 안 잡히더라. 니한테 미안한 마음이 들어서, 사죄하고 싶어서. 엄마를 지키지도 못하고. 내가 요즘도 자다가 벌떡벌떡 일어난다. 깡철아."

"됐다. 똥이 썩어가 거름이 됐다고 생각하자며. 고사 지내나?

남자 새끼가 울기는. 한잔 치자!"

강철이 잔을 들며 말했다. 종수가 잔을 들어 부딪쳤다. 경쾌한
소리가 울려 퍼졌다.

"니 사투리 안 까묵었네."

"까묵기는 우째 까묵노."

강철은 껄껄 웃었다. 어느덧 바깥은 깜깜한 밤이 내려앉아 있었
다. 선선한 봄바람이 열어놓은 가게 문을 넘어 들어왔다.

2

수지는 사진을 찍고 나서 이렇게 메모했다.

'빛이 고이고, 고인 빛이 사람들을 정화한다.'

그녀는 다시 뷰파인더로 자신 앞에 펼쳐진 눈부신 풍경을 바라
봤다. 그녀는 하얀 골목, 파란 지붕의 그리스 정교회당, 붉은 쌍떡
잎식물로 치장한 담장을 한 장, 한 장 정성스럽게 카메라에 담았
다. 그녀는 스무 살 때부터 꼭 와봐야지 생각 했었지만, 이십대를
다 보내고 서른이 넘어서야 이 땅을 밟을 수 있었다. 산토리니 섬
은 사진을 보며 동경했던 것보다 실제 모습이 더욱 강렬하게 수지
를 자극했다. 산비탈을 다닥다닥 붙은 하얀 집들은 꼭 스무 살에

봤던 산복도로의 전경과 많이 닮아 있었다. 수지는 이 마을의 좁은 골목을 걸으며 그때 그 순간 부산에서 마음에 새겨온 잔영을 떠올려봤다. 파란 대문의 집들은 복잡한 미로 같은 골목을 만들고 그 골목마다 마을 사람들의 삶의 애환이 묻어났다.

그때 그 사람들은 잘 살고 있을까? 13년이라는 시간이 지났지만 거기서 보낸 며칠은 여전히 그녀에게 생생한 현실이었다. 수지는 올리브나무 아래 누워 있는 마치 해탈한 듯한 늙은 개를 카메라에 담았다. 늙은 개는 찰칵, 셔터 소리가 들리자 벌떡 일어나 유유히 골목을 돌아 수지의 시선에서 사라졌다. 골목을 돌자 에게해의 에메랄드 빛 바다가 활짝 펼쳐져 있었다. 니코스 카잔차키스의 소설 그리스인 조르바의 한 장면 같았다.

'죽기 전에 에게해를 여행할 행운이 있는 자 복이 있다.'

수지는 마음속에 떠오르는 그 구절은 혼자 나직하게 외웠다. 그녀는 지독하게 푸른 바다 위에 햇살이 유리파편처럼 반짝이는 순간을 사진으로 남겼다. 좀 더 괜찮은 삶을 살아가기 위해 여행을 시작했고, 그 여행은 13년이 넘도록 끝나지 않았다. 그동안 많은 것이 변했지만 제일 큰 변화는 그녀에게 여행 그 자체가 직업이 된 것이었다. 여행을 다니며 찍은 사진들로 그녀는 여행사진 작가라는 타이틀을 얻었다. 딱히 삶의 패턴이 달라진 것은 아니지만 그래도 더 많은 곳을 조금 더 편하게 다닐 수 있어서 자신의 직업에 만족했다. 수지는 난간에 서서 항구로 들어오는 유람선을 바라봤다. 사진을 찍으려넌 그녀는 뷰파인더를 바라보고 있다가 문득 부산에서 사신이 처음으로 마음에 남는 시진을 찍었을 때를 떠올렸다. 목욕탕 굴뚝 꼭 대기에 앉아서 멀리 북항을 바라보던 모자, 그녀가 찍은 사진 중에 가장 그녀의 마음을 움직이는 사진이었다. 기억은 사진보다 확실히 휘발성이 강해서, 그녀는 사진에 남아 있는 풍경들 중에 많은 것을 잃어버렸다. 찍어뒀던 사진들을 바라보면서 마음에 묻어뒀던 기억들을 꺼내고 있으면 그녀는 가끔 심해에 잠겨 있는 듯 마음이 답답해졌다. 사진을 찍어오면서 어쩌면 정말 중요한 것들을 잃으며 살아가고 있는 게 아닐까 하는 생각이 잦아졌기 때문이었다.

그러나 수지는 어쨌든 현재로서는 자신이 할 수 있는 최선을 다하고 있었다. 그래도 자신이 생각해왔던 좀 더 괜찮은 삶을 살아가고 있으니까.

'힘. 들. 다.'

수지는 자신이 살고 있는 세상에서 어쩌면 가장 어려운 말일 수도 있는 그 말을 편안하게 사용하게 됐다. 그때 송도 해수욕장에서 멀어지는 오토바이를 바라보며 그녀는 처음 그 말의 진짜 의미를 얻어낼 수 있었다.

'그 아이는 지금 잘 살고 있을까.'

수지는 광활하게 펼쳐진 에게해를 바라보며 생각했다. 모든 바다는 다 이어져 있으니 그 아이가 아직도 거기에 살고 있다면 아마 그도 이 바다를 보고 있을 것이라는 생각이 들었다. 수지는 이제 선명하게 기억도 나지 않고, 현재도 조금씩 지워지고 있는 그때, 그 순간의 마음을 억지로 지켜가며 셔터를 눌렀지만, 그때 그 바다는 어떻게도 수지의 사진에서 보이지 않게 됐다. 오래 전 그녀는 부산역을 떠나면서 다시 그를 만나게 된다면 해야 할 것들을 생각했지만 수지는 그 이후 단 한 번도 그를 보지 못했다. 몇 번 다시 찾아간 송도 바닷가에서 그는 그의 흔적을 찾아봤지만 그는 없었다. 그리고 그때 그녀가 보던 송도 바닷가도 없었다. 깜깜한 밤하늘에 무작정 불꽃을 쏘아대는 연인들이 있었을 뿐, 강철 모자와 봤던 온 세계가 무너지는 것처럼 황홀하게 아름다웠던 그 불꽃도 없었다.

사진이라는 감각적인 표현 방식으로도 담을 수 없는 것은 완성하지 못한 기억이나 아련했던 마음밖에 없다. 수지는 강철에 대한 기억이 흐려질수록 그녀의 삶 속에서 더욱 더 그를 이해할 수 있겠다는 생각이 들었다. 그가 왜 그토록 힘들다는 말을 하지 못하고 살았는지 십 년이 훌쩍 넘어서야 그게 그의 삶의 전부였다는 것을 깨달았다. 그날 밤 사라진 엄마를 찾으며 땀에 젖어 갔던 그는 그 세상의 전부가 사라질 수도 있다는 상실감 때문에 그렇게 미친 듯이 달렸을 것이다. 사실 그때 그녀는 게스트하우스를 떠나고 부산역에 우두커니 앉아 있다가 예매해둔 열차를 놓쳐버렸다. 다시 찾아간 게스트하우스에서 며칠을 더 있었지만 그를 볼 수는 없었다. 그리고 그녀는 완전히 게스트하우스를 떠났다. 그날 이후 가끔 겨울과 봄의 경계가 찾아오면 송도를 찾아갔지만 그것도 몇 년 전에 그만뒀다.

'절실함을 담보로 얻은 것들은 영원히 잃지 않는다.'

그녀는 그를 이 문장과 함께 마음에 담았다. 수지는 이아마을의 골목길을 걸었다. 작은 마을은 수십 개의 교회를 품고 있었다. 수지가 골목길을 돌아서자 마을 끝에서 서로에게 사진을 찍어주고 있는 한 커플이 보였다.

"야, 좀 더 웃어봐라. 그러니까 휠이 안 나잖아."

커플 중 남자가 여자를 바라보며 말했다.

"니가 지금 말하는 휠이 에프. 이. 이. 엘. 그 필이가?"

여자가 깔깔 웃으며 말했다. 수지는 걸음을 멈췄다. 커플은 여전히 사진 찍기에 삼매경이었다.

"커플로 여행 오셨구나."

사진을 찍고 있는 커플들에게 수지가 말했다.

"네. 하도 졸라서 따라 왔어요."

여자는 부끄러운 듯 웃으며 말했다.

"어디서 오셨어요?"

"부산이요. 부산에서 왔어요."

커플은 서로의 손을 맞잡았다. 수지는 그 모습을 보니 입가에 웃음이 번졌다.

"부산, 참 좋은 곳에서 왔네요. 제가 사진 한 장 찍어도 될까요?"

수지는 카메라를 커플에게 보이며 말했다. 커플이 팔짱을 끼고 수지 앞에 섰다. 남자는 부끄러운 듯 입가의 미소를 머금고는 어색하게 섰다. 찰칵. 사진이 찍혔다. 수지의 마음이 뭉클해졌다.

"주소 주세요. 제가 액자에 담아서 보내드릴게요."

고맙습니다, 하며 남자가 수지에게 주소를 적어 내밀었다.

"혼자 오셨어요? 어떻게 왔어요?"

"예, 혼자요. 그냥 왔어요. 그냥. 좋은 여행하세요."

수지가 잔잔하게 웃으며 말했다. 그녀는 그들과 인사하고 돌아서며 언젠가 다시 송도에 가봐야 겠다고 생각했다.

KI신서 5275

깡철이

1판 1쇄 인쇄 2013년 10월 1일
1판 1쇄 발행 2013년 10월 4일

지은이 김경희
영화 배급 CJ엔터테인먼트
타이틀 디자인 프로파간다 박동우
펴낸이 김영곤 **펴낸곳** (주)북이십일 21세기북스
부사장 임병주
미디어콘텐츠 기획실장 윤군석
책임편집 배상현 **미디어믹스팀** 박정효
디자인 정란
마케팅영업본부장 이희영 **영업** 이경희 정경원 정병철
광고홍보 김현섭 강서영 **프로모션** 민안기 오하나 최혜령 이은혜 유선화
출판등록 2000년 5월 6일 제10-1965호
주소 (우413-120) 경기도 파주시 회동길 201(문발동)
대표전화 031-955-2100 **팩스** 031-955-2151 **이메일** book21@book21.co.kr
홈페이지 www.book21.com **트위터** @21cbook **블로그** b.book21.com

책 값은 뒤표지에 있습니다.
ISBN 978-89-509-5217-4 03810